Holger Nielsen

Bentes Drama
in
Lohme

Die Abhandlung ist <u>frei erfunden</u>.Jede Ähnlichkeit mit Handlungen, Personen oder Orten ist rein zufällig und nicht beabsichtigt.

Bibliographische Information der Deutschen Nationalbibliothek

Die Deutsche Nationalbibliothek verzeichnet diese Publikation in der Deutschen Nationalbibliographie; detaillierte bibliographische Daten sind im Internet über http.//dnb.d-nb.deabrufbar.

Die automatisierte Analyse des Werkes, um daraus Informationen, insbesondere über Muster, Trends und Korrelationen gemäß §44b UrhG („Text und Delta Mining") zu gewinnen, ist untersagt.

© 2025 Holger Nielsen
Verlag: BoD · Books on Demand GmbH, Überseering 33, 22297 Hamburg, bod@bod.de
Druck: Libri Plureos GmbH, Friedensallee 273, 22763 Hamburg
ISBN: 978-3-8192-9529-4

Inhaltsverzeichnis

3

Luftansicht von Lohme
vor 2005

1. Vorwort: Cave canem[1]!

Ganz unüblich für den Anfang eines Buches sehe ich mich als sein Autor gezwungen, Sie schon jetzt um Nachsicht mit dem Tun und Lassen der darin handelnden Personen zu bitten oder gar vor ihnen zu warnen. Besorgt um Ihre Meinung über mich, warne ich Sie vorsorglich, noch bevor Sie mit dem Lesen begonnen haben, wie im übertragenen Sinne:„Cave canem[2]", einer Warnung eines antiken Mosaiks in einer römischen Villa. Was soviel bedeutet, wie jedes Weiterlesen liegt in Ihrer eigenen Verantwortung.

Zugegeben, man kann durchaus geteilter Meinung über mein Vorgehen sein, aber liegt es nicht im menschlichen Wesen, mit dem Wissen um zukünftige Lebensumstände etwas beruhigter zu sein, wenn Neues bevorsteht; etwa wie man sich vor dem Bewerben um eine neue Stelle über die damit verbundenen Bedingungen und die Umgangsformen des zukünftigen

1   Paul Veyne: Cave canem. In: Mélanges de l'Ecole française de Rome. Antiquité. 75, Heft 1 (1963), S. 59
2   = Hüte Dich vor dem Hund!

Chefs und der zukünftigen Kollegen*innen informiert.

Der erste Eindruck trügt selten; jedoch neigen die meisten Menschen dazu, erste Widrigkeiten nicht wahrhaben zu wollen und zunächst zu tolerieren. Ganz anders reagiert Bente Wackernagel, mit dem Sie im Folgenden noch genügend zu tun haben werden. Er ist der Sohn einer dänischen Oberschwester mit großem Durchsetzungsvermögen und einem deutschen Prokuristen von großer Genauigkeit und Rechtsempfinden; kein Wunder, daß sich bei diesen Eltern der folgsame Bente zu dem entwickelte, dessen mit Schwierigkeiten gespicktes Leben Sie miterleben werden. Sparsamkeit und das Gespür für Recht sind lobenswerte Eigenschaften, aber von großem Übel, arten sie in Knausrigkeit und Rechthaberei aus wie schon oft gezeigt wurde; dafür gut bekannte Beispiele sind *Silas Marner*[3], *Ebenezer Scrooge*[4], *Shylock*[5], *Harpagon*[6] und *John Arthur*

---

3 Im Roman „Silas Marner von George Eliot
4 In der Novelle „A Christmas Carol" von Charles Dikkens
5 Im Schauspiel „Der Kaufmann von Venedig" von William Shakespeare
6 In der Komödie „Der Geizige" von Moliere

Errol, Earl of Dorincourt[7]. Diese fünf Charak-
tere finden verständlicherweise keine Freunde
unter ihren Mitmenschen, liegt es doch in ihrem
Wesen, ihre Umwelt in ihrem Sinne zu oktro-
yieren.

Aber das soll als warnender Vorgeschmack
hinreichen und Bente Wackernagel noch Raum
zu einer empathischen Entwicklung lassen. Sehen Sie selbst, ob es Bente gelingt, trotz
mißlicher Erziehung, sturer Voreingenommen-
heit und Rechthaberei schließlich den Weg aus
seiner eigenen „Verklemmtheit" zu finden. Für
misanthropische Zeitgenossen, die solch eine
Katharsis für nicht möglich halten, habe ich kein
Verständnis; im Gegenteil bin ich der Meinung,
daß es für eine „Läuterung" nie zu spät ist etwa
analog der Sentenz „Wer immer strebend sich
bemüht, den werden wir erhören"[8]. Wobei es
zum richtigen Verständnis dieser Sentenz nötig
ist, darauf hinzuweisen, daß mit „Wer immer"
keine Zeitangabe gemeint ist, sondern vielmehr eine gewisse Beliebigkeit im Sinne von
„Wer *auch* immer" ausgedrückt ist; dies ist ein
kleiner, aber wesentlicher Hinweis für das weitere Geschehen. Aber sonst ist Bente Wacker-

---

7   Im Film „Little Lord Fauntleroy" von Jack Gold
8   Aus Johann Wolfgang Goethe „Faust II"

nagel ein ehrenwerter Mann[9].

Dann ziehe ich hiermit den Vorhang auf für Bentes Drama in Lohme und wünsche Ihnen viel Vergnügen.

---

9   In Anlehnung zu William Shakespeare „Julius Cäsar"

2 .Warum denn nicht ?

April 2004

Wenn Bente Wackernagel gefragt worden wäre, was er von Kindern hielte, wäre er empört gewesen, weil er allein schon aus der Frage die böswillige Unterstellung herauszuhören vermeinte, er sei nicht kinderlieb. Dieser Herr Wackernagel war ein äußerst schwieriger Zeitgenosse: grundsätzlich hielt er alle Mitmenschen im Vergleich mit ihm für unfähig und dumm; automatisch hielt er sich natürlich allen überlegen. Ehe ich es vergesse, von kleinen Kindern hielt Herr Wackernagel nichts, wenn es denn nicht seine eigenen gewesen wären; in allen Lebenssituationen, die in irgendeiner Weise mit finanzielle Kosten zu seinen Ungunsten verbunden waren, faselte er völlig empathielos etwas von einer miserablen Kosten-Nutzen-Relation und lehnte damit seine Beteiligung strikt ab, war also im Grunde genommen überaus knausrig. Kein Wunder, daß er mit über 50 Jahren immer noch solo durchs Leben dümpelte. Seine wenigen Bekanntschaften scheiterten an seiner manischen Knausrigkeit; keine der Frauen hielt es auf Dauer mit ihm und seinen herrischen Allüren aus. Herr Wackernagel war – ohne sich dessen bewußt zu sein – sozusagen „aus der Zeit gefallen"; die demütigen Lieschen, die ihren alleinigen Lebensinhalt in der devoten Bedienung ihres Paschas gesehen hätten, weil er sich herabgelassen hatte, sie zu ehelichen, gab es nicht mehr. Das bedrückte Herrn Wackernagel keineswegs, lebte er doch immer noch in demselben Zimmer seit seiner Kindheit bei seinen Eltern mit dem einzigen Unterschied, daß er das Haus in Lohme[10] inzwischen dem ehemaligen Eigentümer abgekauft und damit sein Verbleiben in dem gewohnten Umfeld auf Dauer gleichsam „konserviert" hatte.

---

10 Das alte Fischerdorf Lohme, das der Gemeinde seinen Namen gab, liegt direkt an der ungefähr 50 Meter hohen Steilküste am nördlichen Rand der Halbinsel Jasmund, die hier an den nordöstlichen Ausläufern der Stubnitz Höhenzüge bis zu 70 m ü. NN aufweist. Zum Hafen, der 1906 angelegt und 1997 modernisiert wurde, führt eine steile Treppe hinab, die nach Stabilisierungsarbeiten an dem Steilhang nun wieder begehbar ist. An Lohme grenzt der Nationalpark Jasmund.

Selbstverständlich gehörte Herr Wackernagel keiner Glaubensgemeinschaft an; auch hier waren der etwaige Mitgliedsbeitrag und die fällige Kirchensteuer die primären Gründe für seine Ablehnung. Ich glaube nicht fehl zu gehen, wenn ich behaupte, daß er sich keinerlei weltanschaulichen Gedanken machte; wurde er diesbezüglich durch Fragen in die Enge getrieben, bezeichnete er sich selbstgefällig als Edelkommunist; angesichts seines Lebensstils und seiner finanziellen Raffgier und Knausrigkeit war dies ein mehr als nur ideologischer Knallbonbon. Hatte Herr Wackernagel doch die krankhafte Manie, an den Wochenenden immer wieder zum Schloßhotel Ranzow am Waldrand des Jasmund zu pilgern und sich im Angesicht dieses außerordentlich gepflegten Anwesens und der dort geforderten Preise in eine seltsame Haßliebe zu versteigen. In seinen Augen war dieses Schloßhotel und seine Kundschaft der Inbegriff der reichen Klasse, gegen die es zu rebellieren galt; der gesellschaftliche Protest des Herrn Wackernagel indes beschränkte sich darauf, seinen Neid zu pflegen und wieder nach Lohme zurückzukehren, wo in seinem Haus seine Mutter mit dem Mittagessen auf ihren 50jährigen Sohn wartete. So hatte für diesen Salonrevolutionär bislang Alles seine Ordnung.

Sein Beruf – der Vertrieb von Solaranlagen kombiniert mit hybriden Heizanlagen – erforderte eine große Flexibilität von ihm, etwas, was „neudeutsch" ausgedrückt, nicht zu seinen Kernkompentenzen gehörte. Da ihm seine Firma in Rostock keinen Dienstwagen stellen wollte, hatte er sich per Internet kostengünstig ein Motorrad ersteigert, das er als notwendiges Hilfsmittel für die Ausübung seines Berufs in der jährlichen Abrechnung beim Finanzamt anzugeben gedachte. In diesem Sinne war ihm auch kein Weg zu weit; konnte er doch so seine beruflich bedingten gefahrenen Kilometer finanziell anrechenbar in sein Fahrtenbuch eintragen. Er genoß es, unter Einhaltung der jeweils zulässigen Höchstgeschwindigkeit in der Mitte der Fahrbahn an der Spitze von Wagenkolonnen über die Straßen von Rügen zu donnern. Die Paradestrecke zur Erlangung dieses Hochgefühls war die Bundesstraße nach Stralsund, insbesondere der Abschnitt der

Hochbrücke über den Strelasund. Bente fühlte sich wohl, wenn er sich im Recht glaubte; es lag ihm überhaupt nicht, auch „nur einen Zoll nachzugeben"; es konnte dann passieren, daß er mit sehr spitzfindigen Argumenten seine Position um jeden Preis zu halten suchte.

In seinem beruflichen Metier – Planung und Verkauf von Solarkollektoren in Verbindung mit hybriden Heizungsanlagen – war er fachlich „sehr beschlagen", redegewandt und überzeugend. Vermeinte Bente ernsthaftes Interesse bei seinen Kunden geweckt zu haben, so wurde er noch beredter und breitete die ganze Palette von Rabatten, steuerlichen Vergünstigungen und staatlichen Subventionen vor den Kunden aus. Bente konnte dann „im Eifer des Gefechts" in ein kumpelhaftes Benehmen einschließlich einem eigenmächtigen Duzen verfallen. Er redete sich dann so in Rage, daß er bei eventuellen Fragen der Kunden zunächst noch nachsichtig zu Erklärungen bereit war; sollten sich die Kunden jedoch damit nicht zufrieden geben, liefen sie Gefahr, bei Bente in Ungnade zu fallen; dann konnte es passieren, daß Bente –

geblendet durch seine ihm eigene Hybris – in einen leicht süffisanten Ton verfiel, was bei ihm der Ausdruck dafür war, daß er sein Gegenüber für nicht fähig hielt, ihm intellektuell zu folgen: also vulgo doof war. Das bedeutete aber keineswegs, daß Bente sein Verkaufsinteresse verlor; ganz im Gegenteil gab er eigentlich niemals auf und fuhr bei den unwilligen Kunden immer wieder auf seinem Motorrad unangemeldet vor, um erneut für seine Anlagen zu werben. Seine Verkaufsstrategie betrieb er mit einem gewissen missionarischen Eifer und konnte nicht verstehen, warum seine Mitmenschen sich so schwer taten, seiner „energetischen Heilslehre" zu folgen, das heißt endlich die nötigen Verträge mit ihm abzuschließen und zu bezahlen. Bei seiner Firma war seine Tätigkeit geschätzt und wurde zum Jahresende mit stattlichen Boni belohnt, bei den Rüganern[11] war er aber bald so bekannt „wie ein bunter Hund". Es wird erzählt, daß mancher, der

---

11 Rüganer sind die alteingesessenen Inselbewohner im Gegensatz zu den Rügenern, den zugezogenen Inselbewohnern.

rechtzeitig Bente auf seinem Motorrad kommen sah bzw. hörte, sich „unauffindbar" in seinem Haus zu einschloß.

Es konnte nicht ausbleiben, daß Bente auf seinen Fahrten zur potentiellen Kundschaft auf Rügen und im weiten Umfeld von Stralsund nicht nur auf glatten Teerstraßen dahinbrauste, sondern gelegentlich auch holprige Fahrwege oder mit Feldsteinen gepflasterte Nebenstrasen benutzen mußte. Vielleicht lag es daran, daß Bente unabhängig vom Untergrund stets stolz aufgereckt auf seinem Motorrad saß und so oft arg durchgerüttelt und gestaucht wurde, jedenfalls begann er eines Tages über Rückenschmerzen im Lendenbereich[12] zu klagen.

Nun war Bente geradezu kindisch zimperlich, wenn es um körperliche Leiden ging, gleichgültig ob eingebildete oder tatsächliche. Deshalb fuhr er noch am gleichen Tag mit dem Linienbus nach Sassnitz und dort mit dem Ortsbus zur Praxis von Fachärztin Simone Piecha am Rügener Ring. Dort machte er in leicht

---

12 = lumbale Rückenschmerzen

gekrümmter Haltung und viel Gejammer soviel Eindruck, daß er als „Akutpatient" umgehend an die Reihe kam. Zu seiner Zufriedenheit wurde er Ernst genommen, meinte er jedenfalls; seit diesem ersten Praxis-Besuch des Herrn Wakkernagel zauberte die Nennung seines Namens ein amüsiertes Grienen auf die Gesichter der Sprechstundenhilfen. Bei der Untersuchung seines Rückens – äußerliches Betasten und eine Röntgenaufnahme des betreffenden Abschnitts vom Rückgrat – ergab sich der Befund: altersbedingte Versteifungen der Bandscheiben, ansonsten unauffällig, was eine höfliche Umschreibung für den Mangel an therapiefähigen Gründen darstellt. Wahrscheinlich um den Patienten zufrieden zu stellen, bekam Bente eine Muskel-entkrampfende Spritze in den Rücken und eine Schmerz-stillende Salbe. Bente fühlte sich Ernst genommen und wars zufrieden.

Wieder zurück in Lohme stand Bente vor dem Problem, wie er sich auf dem Rücken einreiben sollte. Mit der ihm eigenen „Kaltblütigkeit" wur-

de er in dem seinem Anwesen gegenüberlie-
genden Diakonieheim für Suchtgefährdete mit
seinem Problem vorstellig. Es hatte schon ein
„gewisses Geschmäckle", daß jemand, der sich
sonst als kirchenferner Kommunist bezeichnete, sich bei Gelegenheit erdreistete, eine von
der Kirche getragene Organisation aufzusuchen
und Hilfe zu erwarten.

So staunten die Heimleiterin Lieselotte Köck
und Schwester Franziska nicht schlecht, als an
diesem Tag unangemeldet ein fremder Mann in
ihrer Küche auftauchte, der in leicht gekrümmter Haltung schwer verständlich etwas von Hilfe, Schmerzen und Salbe von sich gab. Bente
hatte mit seiner „Masche" als leidender, hilfsbe-
dürftiger Mann aufzutreten wieder einmal
Glück; der Gerechtigkeit halber sei hinzugefügt,
daß Bente diese Rolle des Hypochonder keineswegs nur schauspielerte, sondern sich tatsächlich so fühlte. Und Lotti und Franzi – von
Berufs wegen immer auf Hilfe konditioniert –
fielen auf Bentes „Masche" herein; Franzi lotste
ihn in den Sanitätsraum nebenan und massierte

ihm, nachdem er ihr umständlich sein Dilemma erläutert hatte, die mitgebrachte Salbe fachgerecht in seinen Rücken längs des Rückgrats ein. Es war erstaunlich, daß Bente fast augenblicklich schmerzfrei war. Als nun Lotti im Türrahmen erschien und Bente eine Tasse Hühnerbrühe anbot, hatte dies für die Zukunft des Diakonieheims eine ungeahnte zweifelhafte Folge: Bente hatte eine „animalische Futtertreue", denn wo er einmal kostenlos etwas zu essen bekommen hatte, erschien er mit Penetranz immer wieder ähnlich einem Löwen, der bei Bedarf immer wieder zu dem Kadaver seiner gerissenen Gazelle zurückkehrt. Im Übrigen war Bente dabei sehr skrupellos, weil er auf keinen Widerstand traf, etwa nach dem bekannten Motto „Gib jemanden den kleinen Finger, so nimmt er bald die ganze Hand": Es wurde tägliche Routine, daß Bente am späten Nachmittag im Diakonieheim auftauchte und sich einsalben ließ; die „zufällige" Verköstigung im Anschluß nahm er gern entgegen. So kam auch der Tag, an dem Bente auf seinem Motorrad vor dem Diakonieheim vorfuhr und es nach seiner täglichen „Küchenvisite" der Einfachheit halber über Nacht hinter dem Haus abgestellt zurückließ.

Wenn es nach Bente gegangen wäre, so hätte er weiterhin stur und bräsig die Praxis von Frau Piecha mit seinen Rückenschmerzen aufgesucht, obwohl er längst schon wieder auf seinem Motorrad durch die Gegend kurvte. Er hatte indes das Pech, daß er quicklebendig auf seinem Motorrad von der Laborhilfe gesehen wurde. Dies hatte zu Folge, daß ihm Frau Piecha bei seinem nächsten Praxis-Besuch unterbreitete, nach ihrer Meinung sei er austherapiert und sie würde ihm einen zweiwöchigen stationären Aufenthalt in einer Spezialklinik für Psychosomatik in Waren an der Müritz empfehlen und sich gegebenenfalls auch bei der Krankenkasse für ihn einsetzen.

So kam ganz unverhofft Bente Wackernagel zu einem Kuraufenthalt in Waren. Von seinem großen Glück und vor allem wie schwerwiegend sein Leiden sei, erzählte er mit viel Pathos Lotti und Franzi im Diakonieheim. Die beiden staunten nicht schlecht, was Bente mit seinem „Zipperlein" erreicht hatte. Franzi erkundigte sich noch ungläubig bei Bente, was denn während dieser Zeit mit seiner alten Mutter passieren würde; die könne er doch nicht allein in seinem Haus zurücklassen! Bente reagierte etwas gereizt auf dieses bißchen Widerrede und erklärte ziemlich barsch, daß zum 15.ten des Monats ein Platz im DRK-Seniorenzentrum an der Mukraner Straße in Sassnitz für seine Mutter frei sei; da könne er dann jeden Tag mit seiner Mutter gemeinsam Mittagessen. Als Lotti ihm ob dieser stark egoistisch „eingefärbten" Bemerkung Bente in die Rede fahren wollte, gab er leicht pikiert zurück: „Warum denn nicht?"

3. Sybille hilft tatkräftig
April 2004

Für Bente Wackernagel stand Großes bevor: er mußte/wollte mit der Eisenbahn nach Waren fahren; einem Verkehrsmittel, das er seit Jahren nicht mehr benutzt hatte, was ihn in seiner Unkenntnis aber nicht hinderte, sie ohne Skrupel schlecht zu machen. Umständlich, wie er nun einmal war, wollte er sich im Bahnhof von Sassnitz nach der besten Verbindung erkundigen, das hieß möglichst billig und eine so kurz, wie mögliche Fahrzeit. Ich bin überzeugt, daß Bente als potentieller Fahrgast mit seinen Fragen und Sonderwünschen von lang dauernder Erinnerung für die ihn bedienende Frau gewesen sein wird. An ihrer pommerschen Gleichmütigkeit prallten seine abstrusen Spitzfindigkeiten wirkungslos ab. Warum mußte bloß dieser arme Bente jede kleinen Alltäglichkeit immer gleich zu einem großen weltbewegenden Problem aufblasen? Jeder Mensch kann mit Leichtigkeit feststellen, daß man von Sassnitz per Bahn über Stralsund und Rostock nach Waren an der Müritz fahren kann. Schließlich hatte Bente auch dieses Problem zu seiner Zufriedenheit gelöst; die Schlange der hinter ihm Wartenden waren schon längst nicht mehr in dieser Gemütsverfassung.

Am nächsten Morgen brach Bente Wackernagel zu seinem Kuraufenthalt um 9.01 Uhr in Sassnitz auf und war zu seiner Verwunderung tatsächlich kurz vor 11.00 Uhr in Rostock. Beim Umsteigen in den ICE nach Frankfurt ereignete sich etwas, das für Bentes weiteres Leben prägend sein sollte; ob man es nun Fügung oder Zufall nennt, ist für solche „Schlüsselerlebnisse" gleichgültig[13]: Bente traf im ICE auf Friedrich von Salden, den exaltierten Sohn seines Firmenchefs.

Es war schon eigenartig, Bente war erst rund zwei Stunden von Lohme entfernt und schon in einer für ihn ungewohnten, wenn nicht gar heik-

---

13 Siehe hierzu auch das Leben des Herrn Kunda in „Wie Phönix aus der Asche, leider eicht lädiert" von Holger Nielsen, BoD, 2024

len Situation. Plötzlich war er sich seines „Leidens" gar nicht mehr so sicher und fühlte sich verpflichtet, vor dem Sohn seines Chefs sozusagen „den Schein zu wahren". Deshalb gab er sich Mühe, diesem Friedrich von Salden gegenüber verbindlich zu sein, wenn er sich auch eigentlich von dessen süßlichen, fast weiblichen Manieren peinlich berührt fühlte; für die Fahrt bis Waren saß er ihm nun im ICE gegenüber und mußte ihn ertragen. Sein exaltiertes Verhalten, seine Kleidung – in dem nicht geschlossenen, malvenfarbenen Hemd hatte er um den Hals einen modischen Seidenschal geschlungen – und sein süßlich-dumpfes Parfum waren für Bente eine Zumutung, die er auf der eigentlich kurze Fahrzeit bis Waren nur schwer ertragen konnte. Die Krönung seines aufdringlichen Verhaltens stand Bente aber noch bevor. Dieser Friedrich von Salden rückte beim Reden mehr und mehr auf seinem Sitz nach vorn, so daß er schließlich – Bente sehr nah – noch auf dessen Kante hockte. In dieser seltsamen Position wollte Friedrich von Salden wohl Bente völlig unmotiviert mit seiner frankophilen Neigung imponieren; aus der Innentasche seines Jacketts zog er einen abgegriffenen Quartband von Marcel Prousts „Auf der Suche nach der verlorenen Zeit", schlug ihn an einer markierten Stelle auf und begann mit Pathos laut daraus vorzulesen. Nie würde Bente in den vollen Genuß der ganzen Suada dieses homophilen Autors haben, denn bevor der rezitierende Friedrich vor ihm zum Ende kam, fuhr der ICE in Waren ein. Doch so schnell wurde Bente noch nicht erlöst; es stellte sich jetzt nämlich heraus, daß sie beide zur Müritz Klinik weit außerhalb von Waren mußten. Und ehe es sich Bente versah, saß er mit dieser aufdringlichen „Filzlaus" Friedrich im selben Taxi auf der Fahrt die B192 entlang zur Müritz Klinik. Sie lag im Wald fernab von Waren oder jeglichem anderen Ort, der eine Abwechselung hätte erwarten lassen können. Bente wurde jetzt schon klar, daß ihm anstrengende und öde Wochen bevorstanden: hier konnte man nur gesund werfen!

In dem ihm zugewiesenen Einzelzimmer ließ

sich Bente erschöpft und froh, endlich allein zu sein, auf sein Bett fallen. Als er sich einigermaßen erholt hatte, griff er zu der Broschüre der Klinik, die auf dem Nachttisch auslag, und führte sich zu Gemüt, auf was er sich hier eingelassen hatte: *Nach den Prinzipien des heute geltenden ganzheitlichen Gesundheitsverständnisses werden in der Rehabilitation nicht mehr nur die körperlichen Beeinträchtigungen eines Menschen betrachtet, sondern auch die psychischen und sozialen Komponenten in den Behandlungsprozess integriert. Deshalb begleiten wir unsere Patienten auch psychologisch in ihrem Genesungsprozess. Ein Teil unserer Angebote ist dabei allgemeiner Natur, andere sind hingegen auf bestimmte Erkrankungen ausgerichtet. Patienten können sich hierbei in angeleiteten Gruppengesprächen austauschen sowie in Einzelterminen Beratung und Entlastung finden. Ziel unserer Therapieangebote ist es, neben der körperlichen Erholung auch Ihre seelische Stabilisierung zu fördern.*

Bis auf die Gruppengespräche war Bente mit diesem „Speiseplan" für seine potentielle Therapie zufrieden: bei dem Gedanken an ein etwaiges Gruppengespräch zusammen mit Friedrich von Salden packte Bente schon jetzt das nackte Grauen. Das wollte er auf jeden Fall vermeiden. Aber das Problem sollte sich von selbst und ganz anders, als es sich Bente vorstellen konnte, beinahe wie von allein verflüchtigen.

Bentes Zimmer lag im obersten Stockwerk des Klinikgebäudes. Vom eigenen Balkon hatte er weite Sicht über die Baumwipfel eines dichten Waldes hinweg bis zum See; Friedrich von Salden war neben ihm untergebracht und tauchte mit steter Penetranz auf seinem Balkon auf, wenn er meinte, Bente auf dessen Balkon anzutreffen. Seine Kontaktsucht war so groß, daß ihn Bente etliche Male dabei ertappte, wie er sich abmühte, vorn am Geländer um die Sichtblende herum Einblick auf Bentes Balkon zu bekommen. Damit verleidete er natürlich es Bente, überhaupt noch auf den Balkon herauszutreten.

Doch nach wenigen Tagen war Bente von diesem „affigen" Treiben des exaltierten Herrn von Salden befreit. Seinem Faible für Marcel Proust folgend liebte er es des Nachts scheinbar gedankenversunken im Freien herumzugeistern und sich wahrscheinlich sonstwas einzubilden. Bei diesem sonderbaren Treiben beobachtete ihn der Wachschutz der Klinik auf deren Parkplatz zwischen den abgestellten Wagen. So kam es dazu, daß die herbeigerufene Polizei sich eines Nachts gegen 3.00 Uhr dafür interessierte, was Herr von Salden auf dem Parkplatz zu schaffen habe. Dieses nächtliche Ereignis war das „weltbewegende" Thema am nächsten Morgen im Frühstücksraum. Danach sah Bente Friedrich von Salden nie wieder.

Dieser Frühstücksraum war auch der Ort, wo Bente jeden Morgen wieder etwas erlebte, was er nicht für möglich gehalten hätte: die heiße Schlacht am Kalten Büfett[14]. Als er am ersten Morgen etwas verspätet nichts ahnend in den

---

14 Auch Chanson von Reinhard Mey

Frühstücksraum kam, war sie schon voll im Gange. Die Schar der Behinderten und Gebrechlichen entwickelte ungeahnte Energien und Geschicklichkeit, sich die Teller voll zu laden. Bente konnte kaum glauben, daß mancher das, was er aufgehäuft auf seinem Teller an ihm vorbeitrug, auch tatsächlich zum Frühstück aufessen konnte.

Eine Stunde später lernte Bente nichtsahnend die Physiotherapeutin Sybille Schulte kennen, die im Laufe der Kur noch einen entscheidenden Einfluß auf ihn haben sollte. Sie machte mit ihrem freundlichen, sehr direktem Wesen einen sehr guten Eindruck auf Bente; hatten doch die Frauen von ihrem Metier, die Bente bislang kennengelernt hatte, ihn mit einem seltsam verhuschten Wesen und abartige Macken eher abgestoßen. Die Anwendungen und gymnastischen Übungen, die diese Sybille ihm abverlangte, befolgte er sehr bereitwillig, da er ihren therapeuthischen Sinn einsah. Sybille hatte sehr schnell Bentes hypochondrische Ader erkannt; führte er doch gymnastische Übungen ohne Anzeichen von Schmerzen aus, was für einen Patienten mit chronischen Kreuzschmerzen unmöglich war. Sybille nahm diese Scharade amüsiert wahr, ohne es sich anmerken zu lassen. Geschickt verstand sie es, Bente in Gespräche zu verwickeln und dabei sprichwörtlich einzuwickeln mit neckisch eingefärbtem Widersprechen wie auch kurzen Bemerkungen zu ihren eigenen, reichlich dramatischen Lebensumständen, was Bente seinerseits dazu verführte, vermehrt aus sich herauszugehen und Dinge von sich preiszugeben, was er eigentlich nicht vorgehabt hatte. So entstand zwischen den beiden ein eigenartiges, fast intimes Verhältnis besonderer Art. Ohne sich dessen bewußt zu werden, wandelte sich Bentes Verhalten gegenüber seinen Mitmenschen; er verlor einen Teil seiner egomanen Hybris[15] durch Sybilles Einfluß. Schon seit der Minnezeit im Mittelalter ist dieses Phänomen bekannt als die sittigende Kraft der Frau. Sybille fand noch einen weiteren Weg zu Bentes psychischem Innenleben, bei dem er von seinen hypochon-

---

15 = selbstbezogene Überheblichkeit

drischen Flausen befreit wurde: auf einer
Isomatte ausgestreckt liegend erwarb Bente
unter den ruhig-beschwörenden Anweisungen
von Sybille beim autogenen Training[16] wieder
mehr „Körper-Bewußtsein".

Es konnte nicht ausbleiben, daß Bente die
täglichen Therapiestunden mit Sybille schon
bald regelrecht genoß und es wie einen
plötzlichen Guß mit kaltem Wasser empfand,
wenn sie zum Ende der Sitzung von ihrer
einfühlsamen Art in eine kalte geschäftsmäßige
Weise wechselte: für Bente war es jedesmal
wie ein plötzliches Erwachen aus einem schönen Traum in der kalten Wirklichkeit; etwas, das
Bente in seinem bisherigen Leben in dieser In-
tensität nur selten erlebt hatte. Er wurde sich zu

---

16 = Autogenes Training ist ein auf Autosuggestion ba-
sierendes Entspannungsverfahren. Es wurde vom
Berliner Psychiater Johannes Heinrich Schultz aus
der Hypnose entwickelt, 1926 erstmals vorgestellt und
1932 in seinem Buch *Das autogene Training* pu-
bliziert. In beispielsweise Deutschland und Österreich
ist das autogene Training eine gesetzlich anerkannte
Psychotherapiemethode, insbesondere zur Behand-
lung vegetativer Störungen. (Wikipedia)

seiner eigenen Verwunderung bewußt, daß ihm diese Sybille mehr als nur sympathisch war, scheute sich aber, dies kleine Flämmchen der Begeisterung zu einem prasselnden Feuer der offenen Zuwendung werden zu lassen; dem standen seine leidigen Vorurteile und Sybilles Erzählung im Wege, demnächst für längere Zeit nach Argentinien zu verreisen, um sich dort mit ihrer Tochter zu treffen. Aus Sybilles Erzählungen wußte Bente, daß sie sich schon vor einiger Zeit von ihrem Mann getrennt hatte und daß ihre Tochter als Erasmus[17]-Stipendiatin zur Ausbildung als Mode-Designerin in verschiedenen ausländischen Staaten weilte. Solch

---

17 Die Förderung der europaweiten Zusammenarbeit in allen Bildungsbereichen ist ein wichtiges Anliegen der Europäischen Union. Das erfolgreiche EU-Programm Erasmus+ für Bildung, Jugend und Sport wird deshalb fortgeführt. Zwischen 2021 und 2027 steht dazu ein Gesamtbudget von ca. 26 Milliarden Euro zur Verfügung. Dabei soll der Zugang für alle Menschen und Organisationen erleichtert werden, insbesondere sollen Menschen unabhängig von ihrer sozialen Herkunft oder etwa bestehender Mobilitätshindernisse die Möglichkeit zur Teilnahme erhalten. (Wikipedia)

weltumspannender Mobilität fühlte sich Bente mit seinem „engen Lohmer Horizont" nicht gewachsen; also hielt er sich wieder einmal zurück.

Ich glaube nicht, daß Sybille Schulte etwas von Bentes Avancen merkte oder wußte; durch ihre Abreise ins Ausland verschwand sie aus Bentes Leben ohne Abschied zu nehmen ganz „sang- und klanglos".

4. Roswitha sucht Halt
Mai 2004

Bentes Rückkehr nach Lohme war wenig spektakulär. Sein Haus war kalt und muffig und die beiden Frauen drüben im Diakonieheim zeigten sich auch nicht so erfreut über seine Rückkehr, wie er es erwartet hatte. Als er am nächsten Tag seine Mutter zur Mittagszeit im Seniorenheim in Sassnitz besuchte, war das auch kein erfreulicher Besuch. Die Lasagne mit Lachs und Spinat war nur noch lauwarm und nicht nach seinem Geschmack. Er konnte garnicht verstehen, wieso seine Mutter offensichtlich mit großem Appetit den Teller leer aß. Wahrscheinlich schmeckte sie in ihrem Alter sowieso nicht mehr, was man ihr zum Essen vorstellte. Er nahm sich vor, in der Küche vorzusprechen und auf Mittagessen mit Fleisch zu bestehen, was den Gebühren, die er bezahlen mußte, entsprach. So ging das nicht weiter! Er mußte sich um Alles kümmern, das fing ja schon wieder gut an nach seiner Kur!

Der Tag war aber noch nicht zu Ende und gab ihm noch weiteren Anlaß, sich zu ärgern und zu beschweren; sein Motorrad war auf dem Parkplatz so zugeparkt, daß er Mühe hatte, es ins Freie zu schieben. Da er der Ansicht war, daß das Nummernschild seines Motorrades verbogen und verschrammt worden sei und den Lieferwagen einer Malerfirma in Verdacht hatte, photographierte er den Sachverhalt ausgiebig und eilte wutentbrannt zurück zum Speisesaal. Der war aber bereits geschlossen und er traf nur noch auf eine türkische Putzfrau im Vorraum. mit der er aber nicht zu Rande kam. Das war Alles sehr unerfreulich!

Als Bente zurück zu seinem Motorrad ging, hatte feiner Nieselregen eingesetzt, den er in seiner Rage gar nicht wahrnahm. Er setzte seinen Helm auf und fuhr los. Bei diesem miesen Wetter wollte er nach Lohme zurückfahren, war aber zögerlich, wenn er an sein vereinsamtes klammes Haus dachte. Er fuhr die Hauptstraße durch Sassnitz vor sich einen dieser wuchtigen Reisebusse, die sich gerne protzig Luxusliner nennen. Wie zu erwarten bremste der Bus auf Höhe von Netto ab, um in die Hafenstraße abzubiegen. Dadurch mußte auch Bente abbremsen und ihm fiel ein Reklameschild vor einem Laden für Bernsteinschmuck auf, das bis zu 70% Rabatt versprach. Ich weiß nicht warum, aber Bente mußte an Franzi denken und hielt vor dem Laden an. Der Ladeninhaber war ein junger braungebrannter Mann mit gestutztem schwarzen Vollbart, der sich als Ferdi[18] vorstellte. Das nahm Bente sofort als Aufforderung, in ein kumpelhaftes „Du" zu verfallen. Statt nun zu äußern, was er eventuell kaufen wollte, erzählte Bente dem verdutzten Ferdi von seinen Erlebnissen im und vor dem DRK-Seniorenheim an der Mukraner Straße. Auch wenn es Ferdi gewollt hätte, in Bentes Redeschwall hatte er keine Chance, seine eigene Meinung dazu los zu werden. Genauso plötzlich wie Bente mit seiner anklagenden Suada angefangen hatte, sagte er auch abrupt gar nichts mehr. Dies sah Ferdi als

---

18 Siehe Holger Nielsen „Tödlicher Sturz von den Kreidefelsen", BoD, 2024

Gelegenheit, endlich diesem seltsamen Kunden etwas von seiner selbstgefertigten Bersteinkollektion zum Kauf anzubieten. Bente griff nach einer Kette aus rohem, unbearbeiteten Bernstein der unteren Preisklasse. Mit dieser Kette in der Hand stand Bente stumm im Laden und starrte scheinbar teilnahmslos die Regale an der Wand an. Als Ferdi sich ungeduldig räusperte, schrak Bente unwillig zusammen und fragte stockend mit belegter Stimme nach dem draußen ausgelobten Rabatt von 70%. Um diesen lästigen Kunden los zu werden, ging Ferdi auch darauf ein.

Wieder draußen im Nieselregen war Bente zufrieden mit seinem günstigen Kauf, schwang sich auf sein Motorrad und machte sich auf den Weg nach Lohme. Aber an diesem Tag schien Alles gegen Bente zu sein: Auf der Straße durch den Jasmund mit seinen langen auf- und wieder absteigenden Bodenwellen sowie dichtem Gegenverkehr kam er einfach nicht an einem Möbelwagen mit Anhänger aus Rostock vorbei, hing also die ganze Zeit dicht hinter dem

Anhänger in einer penetranten Wolke von Dieselabgasen fest. Erst außerhalb des Jasmund auf der Höhe der Pension Quasimodo konnte er endlich überholen.

Als Bente sein Motorrad auf der Rückseite des Diakonieheims wie immer unter dem Vordach neben der Rampe für Rollstuhlfahrer abstellte, waren die Fenster der Küche über ihm hell erleuchtet und er konnte ein kostenloses Abendbrot erwarten.

In der Küche begrüßten ihn Lotti und Franzi nicht gerade freudig; sie nahmen sein Erscheinen eher wie ein gewohntes tägliches Ereignis gelassen hin und setzten Alles dran, daß er sich endlich hinsetzte und ihnen nicht dauernd palavernd im Wege stand. Es gab Wiener Würstchen und warmen Kartoffelsalat und Bente langte kräftig zu. Dies hielt ihn aber nicht ab, auch mit vollem Mund den beiden Frauen, von den „Ärgernissen", die er heute in Sassnitz erleiden mußte, in allen Einzelheiten und mit Wiederholungen zu berichten, wobei natürlich nur er Recht hatte. Als er ziemlich satt war, fiel ihm die erworbene Bernsteinkette wieder ein; er nestelte sie umständlich aus seiner Jackentasche und machte so zögerlich Anstalten, sie Franzi zu überreichen, daß sie nicht sicher sein konnte, ob er ihr die Kette tatsächlich schenken wollte. Lotti schenkte der Zeremonie nur einen scheelen Blick und fand die Kette potthäßlich. Franzi fühlte sich verpflichtet, ein paar nette Worte des Dankes zu murmeln, weil sie von Bente bevorzugt worden war; im Übrigen hatte sie schon lange weit schöneren Bernsteinschmuck. Für eine Weile herrschte Schweigen in der Küche, während Bente das dritte Würstchen verdrückte.

Eigentlich nur um die lastende Stille in der Küche zu brechen, fragte Lotti, ob sie schon wüßten, daß Roswitha von Salden in den Bungalow am Weg zum Schloßhotel Renzow eingezogen sei, und fügte noch an, daß diese Frau die Gattin eines begüterten Firmeninhabers aus Rostock sei. Es wäre zu erwarten gewesen, daß Bente hier aufmerksam geworden wäre, den beschäftigten aber immer noch seine

Probleme des Tages. So warteten diese Lohmer Neuigkeit und die Folgen am nächsten Tag
auf ihn.

Kostenlos gesättigt und deshalb zufrieden
mußte Bente aufbrechen, obwohl er nur ungern
die gemütlich-warme Küche des Diakonieheims
gegen sein einsames, klammes Haus gegenüber tauschte. Sein einziger kümmerlicher Trost
war nur, daß er daheim endlich eine Flasche
Störtebecker trinken konnte, das war in der
Suchtklinik ja leider nicht opportun. Mit der
Flasche Bier und einer Wärmflasche ging Bente
schließlich zu Bett; er rollte sich in der Embryo-
nalstellung[19] um die Wärmflasche unter der
Bettdecke zusammen.

Am nächsten Morgen wurde Bente unsanft
durch einen Telephonanruf der Sekretärin seines Chefs aus dem Schlaf gerissen. Sie über-

---

19 Am wenigsten macht man falsch, wenn man auf der
Seite liegt und dabei den Oberkörper etwas hoch lagert.
Rückenlage und Bauchlage können etwas ungünstig
sein. (Dr. Alexander Blau, Schlaflabor Charité Berlin)

mittelte dessen „Wunsch" (d.h. Auftrag), daß sich Bente – weil sowieso vor Ort in Lohme – bitte um die Anlieferung der Wohnungsausstattung seiner werten Gattin kümmern möchte. Bente war diese plötzlichen Gelegenheitsdienste für seinen Chef gewöhnt und übernahm sie gern, wurden sie doch geradezu königlich von ihm entlohnt. Da seine Gattin, Roswitha von Salden, während der Einrichtung des Bungalows im Schloßhotel Ranzow „residierte", sah Bente auch die Möglichkeit, endlich das Objekt seiner Haßliebe von innen sehen zu können. Trotz seiner Neugier konnte er ein grimmiges „Edel geht die Welt zugrunde!" nicht unterdrükken. Bente war guten Mutes: Der Tag versprach interessant und lukrativ zu werden.

Der Umzugsort der Roswitha von Salden war nicht zu verfehlen. Vor dem Bungalow stand ein weiterer Umzugswagen der Firma aus Rostock mit weit geöffneten Hecktüren; eine Schar grün gekleideter Männer war schon dabei, Möbel und Kartons in den Bungalow zu schleppen. Bente fragte sich durch, wo denn der sei, der das „Sagen" habe, und fand ihn schließlich mit einem Packen Plänen in dem Raum, der wohl das zukünftige Wohnzimmer werden sollte. Es stellte sich heraus, daß er von Frau von Salden beauftragt war, gemäß ihrer auf den Plänen festgelegten Wünschen die Möbel in der Wohnung aufzustellen. Und dieser Auftrag war in Teilen schwer umzusetzen, da die „blumigen" Vorstellungen der Hausherrin nicht mit den Fakten der Realität in Einklang zu bringen waren. Jetzt wurde Bente klar, auf welch heikle Mission er sich eingelassen hatte. Der ältere Mann – von seinen Kollegen wurde er mit „Fiete" angeredet – mit den Plänen schien total überfordert. Für einen Augenblick ging es Bente durch den Kopf, erst die zukünftige Hausherrin zu fragen; dazu hätte er aber hier im Bungalow dem „Chaos seinen Lauf" lassen müssen. Also entschied er selbstherrlich, daß das störende Klavier aus dem Wohnzimmer in den als Boudoir[20] bezeichneten Raum verschoben wurde; damit war das Platzproblem zwar nicht gelöst, aber Bente war mit sich zufrieden. In die-

---

20 = elegantes Zimmer einer Dame

ser Weise ging es mit Bentes Änderungen zügig weiter: hatte er anfangs noch zögerlich gehandelt, wurde er im Laufe der Zeit immer überzeugter, richtig zu handeln. Der alte Fiete konnte nur den Kopf schütteln, so was hatte er noch nicht erlebt; das konnte eigentlich nicht gut gehen. Gegen Mittag war Alles ausgeladen und im Haus verteilt, so daß auch der letzte Umzugswagen samt Mannschaft nach Rostock zurückfahren konnte.

Bente war mit sich zufrieden und beschloß, jetzt erstmal nach Sassnitz zum Mittagessen zu fahren; wenn denn in der Zwischenzeit die avisierten „Einrichter" kommen sollten, müßten die eben auf ihn warten. Im Speisesaal des DRK-Seniorenheims traf er nicht nur auf seine Mutter – sie war mit dem Essen schon fast fertig - , sondern auch auf Fiete und der gesamten Umzugsmannschaft. Bente klemmte sich kumpelhaft mit seinem Teller neben Fiete mit an dessen Tisch und nutzte diese Gelegenheit, sich wortreich darüber zu informieren, wie und ob die Mitarbeiter in ihrer Firma im Betriebsrat organisiert seien. Ich weiß nicht, wieviel Zeit den Mitarbeitern dieser Umzugsfirma zum Mittagessen zustand, diesmal brauchten sie jedenfalls erstaunlich wenig Zeit dafür. Als Bente schließlich allein am Tisch zurückblieb, hatte er auch noch genügend Zeit, um sich von seiner Mutter am anderen Tisch zu verabschieden.

Als er nach Lohme zurückkam, stand eine Gruppe von Männern und Frauen zigarettenrauchend vor der Haustür des Bungalow in lebhafter Unterhaltung. Zu ihrem Unglück schien sie Bentes unverhofftes Auftauchen keineswegs zu stören. Bente war empört über die offensichtliche Nichtachtung seiner Person und redete sich in Rage: er finde es unerhört und dreist, sich so vor der Arbeit zu drücken; er werde dafür sorgen, daß sie ihr Pensum heute noch schaffen müßten, auch wenn es in den Abend hinein dauern sollte, das sei ihm ganz egal. Solch eine Gurkentruppe sei ihm noch nie vorgekommen! Er werde jetzt ins Schloßhotel Ranzow fahren und Frau von Salden davon in Kenntnis setzen, daß es hier im Bungalow nicht voran ginge. Insgeheim war er bei sich selbst sogar froh, daß er einen stichhaltigen Grund für seinen Besuch hatte.

Trotz seines schier unerschütterlichen Selbstbewußtseins kam sich Bente völlig unpassend vor, wie er auf seinem Motorrad durch die gepflegten Anlagen des Schloßhotels Ranzow fuhr; das war nicht seine Welt. Er fühlte sich merklich unwohl. Es wurde auch nicht besser, als er die weitläufige Eingangshalle zur Rezeption durchqueren mußte. Er fühlte sich hier zunehmend fehl am Platz und ärgerte sich gleichzeitig über sein Minderwertigkeitsgefühl; das blondbezopfte „Dämchen" in dem wohl obligatorischen dunkelblauen Hauskostüm an der Rezeption brachte Bente mit dem allbekanntem „Was kann ich für Sie tun?" noch mehr durcheinander; es dauerte einige Zeit, bis es Bente gelang, sich stockend verständlich zu machen und nach Frau von Salden zu fragen. Aber so einfach, wie es sich Bente gedacht hatte, ging es hier nicht weiter: Zunächst wurde Frau von Salden von der Rezeption aus angerufen, um ihr den Besuch zu avisieren. Dann wurde der Liftboy herbeigerufen, der Bente zur Suite der Frau von Salden im 1. Stock zu geleiten hatte. Sie ruhte malerisch hingestreckt auf einer Ottomane[21] und machte einen maladen, leidenden Eindruck. Als sie geruhte, ihn wahrzunehmen, streckte sie ihm unendlich langsam ihre rechte Hand entgegen; doch Bente kannte nicht das Reglement einer solchen „hochherrschaftlichen" Begrüßungszeremonie und blieb in seiner Motorradmontur mit leicht gewinkelten Armen mitten im Zimmer wie ein naß gewordener Königspinguin stehen.

Die lastende Stille im Raum unterbrach Frau von Salden endlich mit der Frage „Quel est votre désir[22]?", was keineswegs förderlich für Bentes Befinden war.

Frau von Salden fühlte sich durch Bentes Ver-

---

21 = Im Zusammenhang mit Möbeln ist die Verwendung des von dem französischen Adjektiv *ottoman* (osmanisch) abgeleiteten Wortes in der französischen Sprache im Jahr 1729 für ein Ruhe- oder Tagesbett *(lit de repos en ottomane)* belegt.(Wikipedia)
22 = Was ist Ihr Begehr?

halten düpiert und fuhr ihn ungeziemlich grob an „Mann, was wollen Sie? Ich habe nicht den ganzen Tag Zeit für Sie!" Und Bente sprach endlich, denn diese Ansprache war er gewohnt. Indes in seiner Befangenheit – ein Gefühl, das Bente ganz fremd war – war sein Bericht über die Mängel beim Umzugsgeschehen so konfus und verworren, daß es Frau von Salden als unter ihrer Würde empfand, auch nur daran zu denken, dieses „Problemknäuel" selbst zu ent-wirren. So gab sie mit einer abweisenden Handbewegung Bente zu verstehen, daß die Audienz zu Ende sei und ließ ihn herablassend wissen, er solle umgehend ihren Gatten von den Vorkommnissen im Bungalow in Kenntnis setzen. Sie könne sich schließlich nicht um Al-les kümmern! Jetzt verstand es sogar Bente, daß seine Anwesenheit hier nicht mehr ge-wünscht war.

Sein Abgang wurde wie im Theater garniert mit dem zufällig gleichzeitigen (sic!) „Auftritt" der Tochter samt zweier Windhunden. Sie war eines dieser langbeinigen und langhaarigen blonden Geschöpfe, die sich gekonnt langsam und bedeutungsvoll zu bewegen scheinen[23]; dieses seltsame Arrangement von der Tochter mit den beiden Windhunden vor der auf der Ottomane hingestreckten Mutter sollte Bentes bleibende Erinnerung an Frau von Saldern bleiben. Den Weg hätte er sich sparen können.

Langsamer als sonst tuckerte Bente auf seinem Motorrad zum Diakonieheim zurück; als er am Bungalow vorbeifuhr, waren alle Fenster noch hell erleuchtet. „Dann ist diese Gurkentruppe wenigstens noch da", räsonierte Bente, „hoffentlich kommen sie heute noch zu Potte". In dieser gereizten Stimmung stellte er sein Motorrad an der gewohnte Stelle unter den erleuchteten Küchenfenstern des Diakonieheims ab und hoffte, sich beim Abendbrot über die Ärgernisse des Tages aussprechen zu können. Da Lotti und Franzi Bentes Gebaren sattsam bekannt war, ließen sie ihn bei ihrem

---

23 Bei der Fernsehwerbung für manche Schlafmittel wird dieser Frauentyp, der entweder betont lässig längs des Flutsaums am Strand oder durch blühende Lavendelfelder wandelt, eingesetzt.

Geschirr-Abspülen reden und reden. Ihr geschäftiges Geklapper stoppte schlagartig, als Bente die Tochter von Salden erwähnte; Franzi ging voll Neugier einen Schritt auf Bente zu und fragte hastig: „Haste wirklich diese Fine gesehen?" Bente verstand nicht ganz und ihm mußte erst erklärt werden, daß damit die Gerücht-umwehte Tochter Josefine von Salden gemeint war. Und dann entlud sich über Bente Alles, was die beiden Frauen über Tochter und Mutter von Salden wußten und vor allem zu wissen meinten:

Das Ehepaar von Salden war – wie man so sagt – gut situiert und in den entscheidenden gesellschaftlichen Kreisen von Rostock angesehen; als Ehemaliger gehörte Waldemar von Salden zu den Alumni der Universität Rostock und war dort auch nicht ohne Einfluß. Doch Roswitha von Salden strebte nach „Höherem" und gründete in eigener Regie eine literarische Soiree[24] für Damen ihrer Wahl. Es war nur zu

_____

24 Als Abendgesellschaft (auch französisch Soirée) bezeichnete man ursprünglich eine abendlich stattfindende Zusammenkunft von (meist gesellschaftlich höher

menschlich, daß in diesem Damenkränzchen neben den literarischen Avancen so manche Rostocker Neuigkeit durchgehechelt wurde; was auf Dauer diese Soiree in den Verruf brachte, ein Quell boshafter Intrigen zu sein. Als diese Gerüchte auch die Leitungsebene von Waldemar von Saldens Firma erreichten und drohten, geschäftsschädigend zu wirken, stellte dieser seine Gattin zur Rede. Die Auseinandersetzung endete in einem Eklat: die exaltierte Roswitha von Salden nahm sich eine Auszeit und verlangte nach räumlicher Trennung von ihrem Gatten. So kam es zu ihrem Umzug in den Bungalow in Lohme und ihr Gatte hoffte, in Rostock seine Ruhe zu haben.

Hier unterbrachen Franzi und Lotti ihre Erzählung mit vielsagenden Blicken und glucksendem Lachen, was Bente nicht verstand. Als sich Franzi wieder gefangen hatte, erzählte sie weiter von den Kindern der von Salden: Friedrich

---

stehenden) Personen, die sich zu gemeinsamem Trinken, Musizieren, Theaterspielen, Karten- und Gesellschaftsspielen, Vorlesen und Gesprächen treffen.

und Josefine. So viel sie gehört habe, sei der Sohn in einem Sanatorium in der Schweiz untergebracht und die Tochter, die Bente kennengelernt habe, sei eigentlich auf einer Model-Schule in LA[25]. Bente war mit seinem Abendbrot fertig und hatte für heute genug von den verworrenen Familienverhältnissen der von Salden.

---

25 = Los Angeles, Kalifornien

5. Bente gibt nicht auf
Juni 2004

Als Bente am nächsten Morgen früh aufwachte, stand die Sonne im Osten als glutroter Ball am Horizont dicht über dem Meer. Jeder Tourist hätte sofort seinen Photoapparat gezückt, aber Bente mußte sofort wieder an diese überdrehte Frau von Salden denken, die heute in ihren Bungalow überwechseln wollte. Er wälzte sich schwerfällig aus dem Bett, stand barfuß im Zimmer herum, kratzte sich versonnen am Bauch und überlegte, was er zweckmäßigerweise heute anziehen sollte; es versprach ein heißer Tag zu werden. Damit hatte Bente mehr recht, als ihm heute noch lieb sein sollte. Notgedrungen machte er sich schließlich für das unangenehme Zusammentreffen mit dieser überspannten Roswitha fertig.

So gelang es Bente, pünktlich vor der Tür des Bungalows in Warteposition zwischen zwei weißen, hüfthohen feisten Buddhas zu stehen, denen man ein dümmliches Dauergrinsen verpaßt hatte. Woran sich Bente nie gewöhnen konnte: Roswitha von Salden nahm sich die Freiheit, nicht nach einer halben Stunde einfach zu kommen, sondern sie fuhr zu diesem Zeitpunkt in einem Taxi[26] vor, stieg hochherrschaftlich aus und schritt an Bente, den sie mit einem Kopfnicken bedachte, vorbei in ihren Bungalow.

Was nun geschah, war für alle Beteiligten völlig unerwartet und unvergeßlich. Frau Roswitha von Salden betrat würdevoll ihre neue Heimstatt und schritt gravitätisch durch die Zimmer; Bente trollte ihr mit Abstand etwas linkisch dienstbeflissen hinterher. Dies ungleiche Duo stoppte abrupt, als Roswitha ihr zukünftiges Boudoir betrat, konsterniert vor dem Klavier verharrte und erbleichend sich an ihm festhaltend flüsterte: „Das kann nicht wahr sein! Das kann ganz bestimmt nicht wahr sein!" Der

---

26 Es war schon eine logistische Leistung, zu dieser frühen Stunde im abgelegenen Lohme über ein Taxi zu verfügen und den Fahrer dazu zu bewegen, diese geringe Distanz vom Schloßhotel zum in Sichtweite stehenden Bunglow zu fahren.

diplomatisch unbedarfte Bente verstand zu seinem Unheil die ganze Situation nicht, fühlte sich im Recht und begann mit den unseligen Worten „Frau von Salden, ich dachte..." Weiter kam er nicht, denn Roswitha von Salden bebte am ganzen Körper, erbleichte und lief in raschem Wechsel rot an und stieß schwer atmend hervor: „Sie impertinenter, selbstherrlicher Sturkopf, mein Mann hat Sie nicht zum Denken engagiert; diese Fähigkeit war nicht bestellt; Sie sollten nur – ich wiederhole nur – die Umsetzung meines Plans überwachen. War das zuviel verlangt? Ging das schon über den Horizont Ihrer Möglichkeiten?" Bente war empört über diese aufgetakelte, keifende Frau vor ihm und nur weil es die Frau seines Chefs war, hielt er wohl oder übel zähneknirschend den Mund. Da Roswitha von Salden sich im Augenblick genügend echauffiert zu haben schien und hörbar nach Luft rang, trat eine lastende Stille zwischen den beiden ungleichen Kontrahenten ein. Umso deutlicher machte sich die Kaffeemaschine aus der nahen Küche mit Zischen und „Kotzgeräuschen" bemerkbar und diente für die

Beiden sozusagen als „deus ex machina"[27]. Bente wunderte sich über sich selbst, als er sich dabei ertappte, wie er Frau von Salden anbot, ihr eine frisch aufgebrühte Tasse Kaffee zu holen. Sie war nicht minder verdutzt ob dieser Wendung der Ereignisse, hatte aber bereits wieder soviel ihrer Nonchalance[28] zurückerlangt, daß sie mit einer herablassenden Geste ihrer rechten Hand Bente ihre Zustimmung zu vermitteln wußte. Und Bente fühlte sich irgendwie erlöst, weil er tätig werden konnte; aber er sollte an diesem Tag wohl kein Glück mehr haben. In gewisser Weise wuchs er sogar über sich hinaus, denn er servierte Frau von Salden die Tasse Kaffee auf einem kleinen Silberta-

---

27 Deus ex machina ist eine Lehnübersetzung aus dem Griechischen ἀπὸ μηχανῆς Θεός (*apò mēchanḗs theós*) und bezeichnet ursprünglich das Auftauchen einer Gottheit mit Hilfe einer Bühnenmaschinerie. Heute gilt der Ausdruck auch als eine sprichwörtlich-dramaturgische Bezeichnung für jede durch plötzliche, unmotiviert eintretende Ereignisse, Personen oder außenstehende Mächte bewirkte Lösung eines Konflikts.

28 Nonchalance = formlose Ungezwungenheit, Lässigkeit, Unbekümmertheit, Leichtigkeit

blett, das er in der Küche neben der Kaffeemaschine vorgefunden hatte. Aber Bentes Versuch, mit seiner galanten Aktion bei Frau von Salden zu reüssieren[29], mißlang kläglich. Sie hob die Tasse mit gekünstelt abgespreiztem kleinen Finger an ihre Lippen und nahm einen winzig kleinen Schluck. Frau Roswitha von Salden verzog ihr Gesicht samt Permanent Make-up vor abgrundtiefen Widerwillen zu einer entsetzten Grimasse ähnlich den farbenprächtigen, abstrusen Masken der Weiberfastnacht und hauchte schwach „Wollen Sie mich mit diesem Gebräu ohne Zucker und Milch unter die Erde bringen?" und nach einer kurzen Pause „Sie sind entlassen!" Bente wich verdattert zwei Schritte zurück; seinen Versuch, sich zu rechtfertigen, stoppte Frau von Salden mit herrischer Gebärde, die Bente auch unmißverständlich die Tür wies. Er fügte sich widerwillig, war aber schon am Überlegen, welche rechtlichen Schritte er unternehmen müßte, um dieser „Entlassung" erfolgreich widersprechen zu können. Wieder einmal strauchelte Bente über seine

---

29 = Erfolg haben

voreilige Begriffsstutzigkeit, die schon oft aus einem nichtigen Anlaß unumkehrbar einen verzwackten Rechtsfall hatte werden lassen.

Als Bente draußen auf sein Motorrad stieg, war er sich schon sicher, einen Rechtsanwalt aus Stralsund einschalten zu müssen Wie mit ihm hier verfahren wurde, war geradezu kriminell. Während er im ersten Gang bis vor das Diakonieheim tuckerte und ein paar Mal fast den Motor abwürgte, kreisten seine Gedanken verbissen um das Problem, einen geeigneten Rechtsanwalt aufzutreiben. Bente neigte in solchen Situationen, wo er mit einer in seinen Augen so diffizilen Frage schwanger ging, jeden mit seinem Problem zu belästigen, der das Pech hatte, ihm gerade zufällig über den Weg zu laufen. In diesem Fall war es ein junger Postbote, mit dem er vor dem Diakonieheim zusammentraf. Der hatte, wie üblich, wenig Zeit, nannte ihm aber genervt beim Sortieren eines Brief-Stapels mit glaubhaftem Unterton der Überzeugung den Namen einer Stralsunder Kanzlei; Bente notierte sich sofort ihren

Namen „Zährpfennig & Rabbbsilber". Der Name kam Bente reichlich obskur vor; da aber der Postbote aus Zeitgründen zu weiteren Auskünften nicht bereit war, gab sich Bente notgedrungen mit diesem Kanzleinamen vorerst zufrieden; seine Validität konnte er ja später noch im Internet überprüfen.

Ich weiß nicht, wie Bente reagiert hätte, wenn er gewußt hätte, daß sich just in diesem Augenblick Roswitha von Salden bei ihrem Gatten in Rostock per Telephon über seinen unfähigen Mitarbeiter Bente Wackernagel beschwerte und seine sofortige Entlassung einforderte. Herr von Salden liebte es überhaupt nicht, wenn er in seiner Firma im täglichen Geschäftsbetrieb mit privaten Angelegenheiten belästigt wurde; so brachte ihn der Anruf seiner Gattin, mit der er derzeit in diesem seltsamen „Schwebezustand" der momentanen Auszeit lebte, sowieso schon in Rage; als nun auch noch sein Mitarbeiter Bente Wackernagel in diesem Zusammenhang genannt wurde, sah der Firmenchef nur noch rot: schon wieder dieser querköpfige Pingel.

Der Ärger mit dem mußte ein Ende haben!

Eigentlich hätten Bente „die Ohren klingen müssen" bei soviel Aufruhr um seine Person. Der raber hockte nichtsahnend vor seinem PC und musterte die Liste verfügbarer Rechtsanwälte in Rostock. Es war sicher ganz gut für Bente, daß er relativ unbekümmert an sein Problem herangehen konnte; aber der Rechtsanwalt der Kanzlei Währpfennig & Rabbsilber war nach Bentes Schilderung der Sachlage sehr zurückhaltend mit seinen rechtlichen Kommentaren: er gab zu bedenken, daß für Bentes Aktivitäten im Zusammenhang mit dem in Rede stehenden Einzug in den Bungalow in Lohme leider keinerlei belastbaren Unterlagen verfügbar seien und diese Aktivitäten auch nicht von Bentes Arbeitsvertrag mit seiner Firma abgedeckt seien. Es sei rechtlich noch zu prüfen, ob und inwieweit sich aus den durch Bentes Aktivitäten verursachten Tatsachbestände möglicherweise Regreßansprüche ableiten ließen. Ebenso sei rechtlich zu prüfen, ob Bentes Aktivitäten den Tatbestand des selbstherrlichen

Handelns erfülle und insofern eine unzumutbare Belastung des einvernehmlichen Dienstverhältnisses darstelle, was gegebenenfalls seine Auflösung nahe legen würde. Ihre Modalitäten seien dann angemessen festzulegen.

Diese Rechtsberatung gefiel Bente überhaupt nicht; er fühlte sich mißverstanden und ungerecht behandelt. Außerdem erschien ihm seine rechtliche Ausgangslage ziemlich unsicher und würde mutmaßlich im Ernstfall vor Gericht nicht lange Bestand haben. Er mußte unbedingt einen hundertprozentig sicheren Ausweg finden, um für die von Saldens unangreifbar zu werden.

In den nächsten Tagen war Bente sehr einsilbig und knobelte daran, wie er aus der Bredouille entweichen könne. So nahm er es als schicksalhaften Hinweis, als er per Post aufgefordert wurde, unbedingt an der in Kürze stattfindenden Betriebsratwahl teilzunehmen. Diese Nachricht ließ Bente wieder aufleben; war es doch genau das Richtige für ihn; könnte er doch dann mit einem gewissen sozialen Touch für

Recht und Ordnung sorgen!

Sofort nutzte Bente die Zeit bis zum Wahltermin, suchte per Motorrad seine Kollegen im Außendienst auf und setzte sich bei ihnen wortgewaltig und mit einigem Geschick als Kandidat für den Betriebsrat ins rechte Licht. Die Meisten konnte er von sich überzeugen, zum Teil wohl auch, weil sie froh darüber waren, daß sich jemand freiwillig für diesen Job gefunden hatte. Mit dieser Zustimmung im Rücken wagte Bente den nächsten Schritt und lud das Personal der Verwaltung des Abends in die Gaststätte Walfisch in Rostock ein; für dieses Treffen hatte er deren kleinen Saal reservieren lassen. Als sich schließlich alle gesetzt hatten, war es für Bente nicht einfach, sich Gehör zu verschaffen. Um die allgemeine Aufmerksamkeit auf sich zu ziehen, zog Bente einen Stuhl auf eine kleine freie Fläche zwischen den Tischen und stieg auf ihn hinauf. Das zeigte Wirkung: Die zunächst Sitzenden hatten Bentes akrobatische Vorbereitung mitbekommen, unterbrachen ihre Unterhaltung am Tisch und drehten sich auf ihrem

Stuhl dem über ihnen agierendem Bente zu. Wie ein ins Wasser geworfener Stein beim Eintauchen eine Abfolge konzentrischer Kreise erzeugt, waren Alle diesem Impuls gefolgt und Bente blickte von seinem Stuhl herab auf viele angespannte Gesichter. Bente räusperte sich und begann seine „Bewerbungsrede", die im Wesentlichen ein Konzentrat seiner zahlreichen Einzelgespräche der Vortage war. Ich glaube nicht fehl zu gehen, wenn ich Sie nicht mit dieser Rede langweilen will, denn derartige Zumutungen sind wohl Allen zum Beispiel aus dem Fernsehen sattsam bekannt. Dessen ungeachtet war Bente sehr überrascht, als – kaum, daß er mit seiner Ansprache zum Ende kam – sich seine Zuhörer von den Stühlen erhoben und stehend lauthals in Ovationen ausbrachen; die schmeichelten Bente natürlich, aber ich würde ihnen nicht so viel Bedeutung beimessen, denn in der Menge läßt sich manch einer – so zu sagen als „Herdentier" - zu öffentlichen Äußerungen hinreißen, zu denen er als Einzelner solo nie fähig wäre. Hier im Saal aber hatte Alle eine seltsame, fast animalische Euphorie ergriffen, etwa wie nach dem Motto „Der Knechte Schar ihm Beifall brüllt"[30]. Bente war mit sich sehr zufrieden und stieg fast beseeligt von seinem Stuhl; ähnlich einer Wahlveranstaltung gratulierten ihm die Umstehenden und spielten sich damit vor den Anderen in den Vordergrund. Es war zu schade, daß kein Journalist zugegen war; das hätte Bentes Glückseligkeit vollkommen gemacht.

Aber Bente irrte sich gründlich, wenn er meinte, nichts von dem Geschehen dieses Abends würde an die Öffentlichkeit gelangen. Ich will nicht gerade behaupten, daß ein „Judas" unter den Anwesenden geweilt hätte, aber die ihrem Chef, Herrn von Salden, treu ergebene Sekretärin hatte auch an der Versammlung teilgenommen, war am Ende von Bentes Rede auch wie die Anderen aufgestanden, um nicht aufzufallen, hatte aber nur ganz wenig geklatscht. Diese Neele Jacobsen brannte darauf, am nächsten Tag Herrn von Salden über die Aktionen des Bente Wacker-

----

30 Aus dem Gedicht „Belsatzar" von Heinrich Heine

nagel in allen Einzelheiten zu berichten.

Der aber bestieg sein Motorrad und fuhr gen Lohme. Als er über den schmalen Landstreifen zwischen den beiden Jasmunder Bodden bei Lietzow fuhr, kam ihm in den Sinn, daß er noch bei seiner Mutter im Seniorenheim vorbeischauen könne: Eine abstruse Idee, auf die auch nur Bente kommen konnte, denn es war jetzt schon kurz vor 21.00 Uhr. Solche Dinge interessierten Bente nicht, wenn er sich etwas in den Kopf gesetzt hatte, wollte er stur sein Ziel erreichen, koste es, was es wolle.

Als Bente eine Stunde später in Sassnitz auf der Mukraner Straße vor dem DRK-Seniorenheim stand, war es bis auf die Außenbeleuchtung gänzlich dunkel. Bente ließ sein Motorrad im Leerlauf hinunter auf die Freifläche zwischen den Gebäuden rollen. So sehr er sich auch bemühte, er fand nirgends eine Klingel oder eine nicht-verschlossene Tür; im Kantinentrakt in dem er sich auskannte, war zu dieser Zeit auch kein Personal mehr zu erwarten. Schließlich versuchte es Bente per Handy mit wenig Erfolg:

eine weibliche Tonbandstimme verwies ihn auf die täglichen Öffnungszeiten. Äußerst indigniert schwang sich Bente wieder auf sein Motorrad, nahm jetzt keine Rücksicht mehr und verließ das DRK-Gelände mit Vollgas. Gleich morgen früh wollte er sich beim DRK beschweren!

Aber wenn Bente gedacht haben sollte, im Diakonieheim um diese Zeit noch jemand wach anzutreffen, so war dies seine nächste Enttäuschung. Als er sein Motorrad – wie gewohnt – hinter dem Diakonieheim abstellte, waren die beiden Küchenfenster über ihm dunkel und damit Franzi und Lotti schon längst nach Hause gegangen.

Diese stille Erkenntnis schlug Bente sprichwörtlich auf den Magen; bedeutete es doch, daß er sich selbst alleine versorgen mußte und kein Publikum hatte, dem er in aller Breite seine Erlebnisse und Taten des heutigen Tages unterbreiten konnte. Sichtlich geknickt trottete er hinüber in sein dunkles, klammes Haus. Dort suchte er erst vergeblich nach etwas leidlich Eßbarem und zog sich dann mit mehreren

Flaschen Störtebeker in sein Schlafzimmer zurück, wo er seinen Hunger und Frust erfolgreich
ertränkte.

6. Calypso auf Reede

Juni 2004

Wenn Bente morgens nach dem Frühstück aus dem Haus trat, verharrte er für gewöhnlich und musterte das Meer bis zum Horizont. Nach links schweifte sein Blick über die Tromper Wiek bis zum Leuchtturm von Cap Arkona. So nah an der Hauptschiffahrtslinie durch die Ostsee in Ost-West-Richtung – dort mußte auch der östliche Anfang der berüchtigten Kadetrinne[31] liegen – war es alltäglich sehr interessant, den dortigen regen Schiffsverkehr aus der Ferne zu beobachten. Es konnte nicht ausbleiben, daß Bente durch dieses fast tägliche

---

31 Die **Kadetrinne** ist ein Seegebiet nordöstlich der Mecklenburger Bucht der Ostsee zwischen der deutschen Halbinsel Darß-Zingst und der dänischen Insel Falster, also nordöstlich von Rostock. In West-Ost-Richtung liegt sie zwischen Fehmarnbelt und Bornholm. Sie ist das schwierigste und gefährlichste Fahrwasser der Ostsee. Ein Teil der Kadetrinne liegt in Deutschlands ausschließlicher Wirtschaftszone und ist als 100 km^2 große Kadetrinne (Naturschutzgebiet) ausgewiesen.(Wikipedia)

Ritual des Beobachtens der am Horizont vorbeiziehenden Schiffe automatisch ein gewisses Zeitgespür dafür entwickelte, wie lange sie von Lohme aus zu sehen waren.

Aus diesem Grunde war es kein Wunder, daß es Bente Anfang Juli irritierte, als ein Tanker von Osten kommend irgendwie nicht recht von der Stelle kommen wollte; als Bente abends auf seinem Motorrad nach Lohme zurückkam, war der ominöse Tanker immer noch am Horizont zu sehen, hatte sich in der Zwischenzeit halb gedreht und lag jetzt augenscheinlich quer zur dortigen Fahrrinne. Als es begann, dunkel zu werden, veränderte der Tanker nur unwesentlich seine Position, war aber nur noch als grauer Klotz ohne jegliches Lichtzeichen äußerst schwer auszumachen. Selbst Bente schwante es langsam, daß mit diesem Tanker etwas nicht stimmen konnte.

Der nächste Morgen brachte dann Klarheit: Die Medien verbreiteten die Nachricht, daß der bulgarischer Tanker Calypso unter der Flagge von Panama mit 100 000 t Rohöl von Primorsk

kommend vor Rügen den Totalausfall der Moto-
ren samt der Elektronik vermeldet habe und
derzeit weitgehend führungslos in der Ostsee
treibe. Hochseeschlepper seien alarmiert und
auf dem Weg zur Calypso.

Obwohl Bente sich bewußt war, daß er an der
sich auf offener See gefährlich zuspitzender
Lage nichts ändern konnte, begann er sich ent-
setzlich aufzuregen; sein ureigenes Problem
dabei war, daß das Ganze „eine Nummer zu
groß" für ihn war, er hatte keine Person oder In-
stution, wo er sich hätte beschweren können.
Während er immer wieder die Horizontlinie an-
gespannt absuchte, glich sein Inneres einem
Teekessel kurz vor dem Siedepunkt, d.h. kurz
vor dem Pfeifen.

Bentes stetes morgendliches Auftauchen auf
der Straße und angestrengtes Hinausstarren
aufs Meer konnte auf Dauer nicht unbeachtet
bleiben; Gesine Witt, eine gemütliche rundliche
Witwe fortgeschrittenen Alters, beobachtete
Bentes merkwürdiges Treiben schon seit Tagen
von ihrem Küchenfenster aus; als sie des

Morgens in der Ostseezeitung von der in der Kadetrinne führungslos treibenden Calypso las, war auch ihre Interesse und Neugier geweckt. Sollte ihr Nachbar, dieser Bente Wackernagel, deswegen die ganze Zeit aufs Meer hinausstarren? Sie langte den Feldstecher ihres Verblichenen vom Küchenschrank herunter und ging gewichtigen Schrittes hinaus zu Bente. Nun hatte Bente endlich, was ihm die ganze Zeit über gefehlt hatte: Publikum. Gesine Witt stand neben ihm und blickte ihn mit halb geöffnetem Mund nur verwundert/bewundernd an, denn Bente hatte sofort, wie auf Knopfdruck, zu reden begonnen. Er erging sich in aller Ausführlichkeit über die ökologischen Gefahren des Erdöltransports in solchen „Schrotttankern" unter Billigflagge und würzte seine Suada mit plötzlichen Einschüben wie „Spinnen die denn?", „Das ist doch nicht zu fassen!" oder „Das ist doch kriminell!" Als Bente bei seiner Rede mit seinem rechten Arm eine schwungvolle Bewegung in Richtung auf die staunende Frau Witt machte, mißverstand sie seine Geste und überließ ihm wortlos den Feldstecher. Bentes Rede erstarb, während er mit dem Feldstecher sehr sorgfältig den Horizont absuchte. Als er ihn schließlich wieder absetzte, verkündete er der immer noch sprachlosen Frau Witt, daß er heute noch zum Kap Arkona und zur Küste nach Dranske hinauffahren werde, um sich selbst ein Bild von dem Ereignis machen zu können. Beinahe schon im Weggehen begriffen wendete Bente sich noch einmal der Frau Witt zu und versprach ihr gewichtig, nach seiner Rückkehr sofort zu berichten. Das war das letzte Mal, daß Frau Witt ihren Feldstecher gesehen hatte.

Es war Bentes Eigenart, nur sehr schwer in die Gänge zu kommen, wenn andere etwas von ihm wollten; hatte er sich aber selbst etwas in den Kopf gesetzt, konnte es gar nicht schnell genug gehen; so auch diesmal: Zehn Minuten später fuhr Bente auf seinem Motorad gen Norden. Über die Strecke bis nach Glowe ärgerte er sich wie immer über die innerörtlichen Feldsteinstraßen in den kleinen Nestern wie Salitz, Blanchow oder Nardevitz. Auf der langen Strekke durch den Kiefernwald auf der Schabe wagte er auch nicht so schnell zu fahren, da rechts vom Strand her ihm jederzeit jemand unachtsam vor das Motorrad laufen konnte. Erst als er Breege hinter sich gelassen hatte und auf der Straße nach Altenkirchen war, konnte er richtig aufdrehen. So erreichte Bente endlich Putgarden und danach auch die Leuchttürme von Kap Arkona. Er kam gerade noch rechtzeitig an, um mitzuerleben, wie die „Calypso" an Bug und Heck vertäut an je einen Hochseeschlepper aus der Hauptschifffahrtslinie bugsiert wurde. Bente inspizierte durch den Feldstecher sehr eingehend und lange das Geschehen draußen auf See. Da es nichts zu bemängeln gab, brach er schließlich wieder zur Rückfahrt auf. Dazu wählte er aber diesmal einen küstennahen Weg über Vitt, um so länger in Sichtkontakt zur „Calypso" zu bleiben. Im Verbund mit den beiden Hochseeschleppern bewegte sich das Dreiergespann langsam, aber stetig um Kap Arkona herum in den abgelegeneren Seebereich der Tromper Wiek. Als Bente am späten Nachmittag Lohme erreichte und sein Motorrad hinter dem Diakonieheim abstellte, lag die „Calypso" auf der Höhe des Königsstuhls weit draußen vor Anker. Die beiden Hochseeschlepper wurden offensichtlich nicht mehr gebraucht und waren schon abgerückt; statt dessen patrouillierte im Umfeld der „Calypso" jetzt ein Schiff der Sassnitzer Wasserschutzpolizei.

Das nahm Bente mit Genugtuung war, als er sein Motorrad hinter dem Diakonieheim in Lohme abstellte. Wenn ein Unbeteiligter Bente heute in der Küche beim Abendbrotessen erlebt hätte, so hätte er leicht zu der Ansicht verleitet werden können, daß ohne den maßgeblichen Einsatz von Bente die Bergung der havarierten Calypso nicht so glücklich geendet hätte. Bente schwelgte beim Verzehr der Bratkartoffeln so sehr von seinen Erlebnissen des Tages, daß die beiden Frauen ihm staunend zuhörten und darüber beinahe ihre Küchenarbeiten vergaßen. Bentes Erzählung zu folgen, war nicht so einfach: Da er auch mit vollem Mund sprach, war schon allein ein ungestörtes Zuhören akustisch schwierig. Seine Einwürfe über das aus seiner Sicht blödsinnige Verhalten einiger Mitmenschen und sein kollerndes Lachen über diese trugen auch nicht unbedingt zum besseren Verständnis seiner Erzählungen bei. Hinzu kam Bentes Vorliebe, bestimmte Ereignisse oder Situationen, die er für besonders wichtig hielt, in retardierenden „Redeschleifen" immer wieder vorzutragen. Aber Lotti und Franzi waren durch die Pflege von Suchtkranken den Umgang mit schwierigen Männern gewohnt und wußten aus Bentes Tiraden „die Spreu vom Hafer zu trennen".

Doch Bente schwelgte in seinen vermeintlichen Erfolgen und war in der gefährlichen Stimmung, nun auch noch den Rest der Welt zu retten. Er begann mit seinem mißglückten Versuch, gestern Abend noch Zutritt zu seiner Mutter im DRK-Seniorenheim zu bekommen. Es war seine Masche, sich in solchen Fällen immer gleich bei den vorgesetzten Stellen zu beschweren. So kam es oft zu der hanebüchenen[32] Situation, daß sich – wie auch hier – sehr unpassend der Kreisverband Schwerin e.V. des Deutschen Roten Kreuzes aufgrund des erbosten Telephonanrufes des Bente Wackernagel mit den Öffnungszeiten des DRK-Seniorenheims in Sassnitz kümmern sollte. Immerhin blieb die Mitarbeiterin, die das Pech hatte, Bentes Anruf zu ertragen, so gekonnt freundlich, daß er die übliche Versicherung, daß sich der Kreisverband umgehend um das Problem kümmern werde, als persönlichen Sieg bei sich verbuchte.

Aber Bentes Tatendrang war damit noch nicht erschöpft; ihn wurmte es, daß mit der havarierten „Calypso" etwa zehn Kilometer vor dem Königsstuhl immer noch nichts passierte. Das war doch unverantwortlich, diesen bestimmt schon

---

32 Als **hanebüchen** bezeichnet man Ideen oder Handlungen, um sie als abwegig, haarsträubend oder empörend zu bewerten. Der Ausdruck hat damit seit seinen Ursprüngen einen größeren Bedeutungswandel durchgemacht; er leitet sich ursprünglich von dem Baum *Hainbuche* bzw. *Hagebuche* ab. (Wikipedia)

längst überfälligen Schrotttanker vor einem wertvollen Naturschutzgebiet ankern zu lassen! Er machte sich daran, im Internet die Anschrift des Nationalparks Jasmund zu suchen, und stellte zu seiner Verwunderung fest, daß die Verantwortlichen ihren Dienstsitz im fernen Born auf dem Darß hatten. Bentes Anruf wurde dort genauso verwundert und fast schon gelangweilt abgewimmelt wie zuvor sein Anruf in Schwerin bei der DRK.

Bente wurde durch eine Email in seinem missionarischem Bemühen, die Welt zurecht zurücken, unterbrochen: Es war ein Rundschreiben seiner Firma, in dem den Mitarbeitern angekündigt wurde, daß aufgrund der Veränderungen der weltwirtschaftlichen Lage und der Nachfrage einige Umstrukturierungen unabdingbar seien. Näheres werde noch mitgeteilt, insbesondere denen, die es persönlich betreffen würde. Bente fand das ungeheuerlich und sah sich schon als Betriebsrat – seiner Wahl meinte er sicher zu sein – gegen diese Machenschaften der Geschäftsleitung agitieren.

Aber Bente ging die „Calypso" vor Rügen nicht aus dem Kopf; er rief das Wasserstraßen- und Schifffahrtsamt Ostsee in Stralsund an und traf dort auf einen kompetenten Mitarbeiter, der tatsächlich Willens war, auf Bentes krause Klage rechtlich unanfechtbar Auskunft zu geben.

7. Bente schöpft Verdacht
Juni 2004

Die immer noch vor Rügen liegende „Calypso" wurmte Bente mit jedem Tag mehr, wie ein eiternder Pickel, dessen roter Hof von Tag zu Tag an Umfang zunimmt. Mit manischer Penetranz tappte er jeden Morgen nach dem Aufstehen noch barfuß als Erstes zum Fenster im Wohnzimmer, um sich dann darüber zu ärgern, daß die „Calypso" unverändert vor Anker lag. Es trug auch nicht zur Beruhigung von Bente bei, daß die elektrische Stromversorgung auf dem Tanker inzwischen wieder funktionierte, denn des Nachts konnte er seine Positionslichter und einige Scheinwerfer an Deck sehen.

An diesen Junitagen ließ Bente Franzi und Lotti in ihrer Küche ungewohnt lange in Ruhe. Bei dem schönen Wetter hatten sie Fenster der Küche weit geöffnet und arbeiteten im Licht der aufgehenden Sonne, während Bente, neben seinem Motorrad stehend, reglos nach rechts hinaus aufs Meer starrte. Da die beiden Frauen Bente mit seinen speziellen Eigenarten zur Genüge kennengelernt hatten, machten sie sich keine Gedanken, weil sie sicher waren, daß sich Bente demnächst mit seinen neuesten Problemen bei ihnen „ausschütten" würde.

Wie Bente als dunkler Schattenriß vor der aufgehenden Sonne im Osten stand und hinaus auf die Ostsee blickte, konnte man leicht auf den Gedanken kommen, hier würde das Motiv des „Wanderers über dem Nebelmeer" von Caspar David Friedrich aus dem nahen Greifswald in moderner Fassung nachgestellt. Ich weiß nicht, ob die beiden Frauen in der Küche des Diakonieheims auf ähnliche Gedanken kamen, wenn sie hin und wieder einen Blick aus dem Fenster warfen, ob Bente immer noch dort stehen würde.

Der hatte den vor Kurzen von der Nachbarin requirierten Feldstecher hervorgeholt und musterte intensiv, was sich an der vor Anker liegenden „Calypso" tat. Er war es gewöhnt, daß morgens und abends zahlreiche, sehr schnell fahrende, kleinere Schiffe weit draußen auf der Ostsee an Lohme vorbeizogen; er nahm an, daß sie irgendwie mit den Windmühlenfeldern[33] vor Kap Arkona zu tun haben würden. Ansonsten hatte er diese Schiffe sowohl im Stadthafen Sassnitz als auch im Seehafen Mukran liegen sehen. Es war ganz natürlich, daß Bente beim Beobachten der „Calypso" diese Versorgungsschiffe ins Blickfeld seines Feldstechers gerieten und er ihnen angelegentlich auf ihrer Fahrt folgte. Aus der täglichen Routine seiner Beobachtungen wußte Bente bald, wann er etwa mit welchem Versorgungsschiff rechnen konnte.

Auch wenn Bentes morgendliches Beobachten der Ostsee vor Lohme von der Rückseite des

---

33 Der Windpark **Wikinger** ist ein Offshore-Windpark (OWP) in der deutschen Ausschließlichen Wirtschaftszone (AWZ) der Ostsee, bestehend aus 70 Windenergieanlagen. Er soll Strom für 350.000 Haushalte liefern. Dies entspricht mehr als 20 % des Stromverbrauchs von Mecklenburg-Vorpommern. Der Windpark wurde vom spanischen Energieversorger Iberdrola etwa 35 Kilometer nordöstlich der Insel Rügen gebaut. Die Investitionskosten betragen 1,4 Mrd. Euro.(Wikipedia)

Diakonieheims erfolgte – von der Straße davor also nicht einsehbar war – mußte sich sein Treiben herumgesprochen haben, denn nach und nach gesellte sich rein zufällig (!!!) der eine oder andere Einheimische zu ihm. In der Anfangszeit blühte Bente geradezu auf; hatte er doch nun auch noch Publikum, daß seinem Salbadern[34] hilflos ausgesetzt war. Als es jedoch mit der Zeit immer mehr wurden und das Ganze zu einem morgendlichen Klönschnack unter Rüganern mutierte, bei dem „de Neuigkeiten över Gott un de Welt utgetauscht worm", fühlte sich Bente ausgeschlossen und in seinen Beobachtungen gestört; von nun an ging Bente morgens zu Franzi und Lotti in die Küche und beobachtete die „Calypso" von deren Küchenfenster aus. Was gemeinhin als unerheblich erscheinen mochte, hatte aber für die Einheimischen ein „Geschmäckle": Bente hatte sich von ihnen getrennt und thronte gleichsam über ihnen entrückt am Küchenfenster; schon vorher, als Bente mit dem Feldstecher vor den Augen

---

34 Weitschweifig, langatmig daherreden

mit geradezu missionarischem Eifer auf sie ein-
geredet hatte und versuchte, ihnen die ökologischen Gefahren, die von dem schrottreifen
Tanker drohten, zusammen mit den katastro-
phalen Auswirkungen auf den Fremdenverkehr
nahe zu bringen, hatte sie seine oberlehrerhafte
Manie peinlich berührt. Bente fehlte leider das
Gespür für Mitmenschlichkeit, war aber ansonsten von mimosenhafter Empfindlichkeit, auch
wenn es nur den Anschein haben konnte, daß
über ihn eine nicht so günstige Meinung ge-
äußert wurde.

Momentan setzte Bente Alles daran, etwas öf-
fentlich Meldenwertes in Bezug auf die „Calypso" zu finden; er war so blind und voreingenom-
men in seinem Wahn – etwa nach dem Motto
„weil nicht sein kann,was nicht sein darf"[35] - daß
er sich auf die pendelnden Versorgungsschiffe
konzentrierte, ohne dabei die vor Anker liegende „Calypso" aus den Augen zu verlieren. Er
machte schließlich eine, wie er meinte, wichti-
ge Beobachtung: Eines der Versorgungsschiffe

---

35 Aus dem Gedicht „Die unmögliche Tatsache" von
    Christian Morgenstern.

undzwar immer dasselbe – er konnte es von den anderen an einem roten, den oberen Teil der Kajüte umlaufenden Streifen unterscheiden – machte jeden zweiten Abend, sozusagen im Schutz der Dämmerung, an der „Calypso" längseits etwa für eine halbe Stunde fest. Bente meinte, endlich fündig geworden zu sein.

Doch in diesen Tagen ereignete sich noch mehr: zum Einen wurde Bente in den Betriebsrat gewählt, zum Anderen gab die Firmenleitung die Umstrukturierung für ihre mobilen Aussendienstler bekannt. Bentes Berufsleben drohte sich völig „umzukrempeln". Nun wurde es bitterer Ernst, was er erst nur als Möglichkeit gesehen hatte, um seinem Chef Paroli zu bieten; jetzt mußte er sich kundig machen, welche Rechte und Pflichten er als Betriebsrat habe. Zwar hatte er sich das Betriebsverfassungsgesetz schon einmal angesehen, aber ohne innere Notwendigkeit hatte Bente keine Lust zu solchem drögen Juristendeutsch. So nahm er das Angebot der Gewerkschaft zu einem dreiwöchigen Seminar zu dieser Thematik in Warnemünde gleich doppelt gern an; versprach es doch eine praxisbezogene Einführung – wahrscheinlich mit Fallbeispielen – in angenehmer Umgebung unter Gleichgesinnten und außerdem fiel er für diese Zeit bezahlt bei der Firma aus. Das würde seinem Chef, dem feinen Herrn von Salden, mit seinen Umstrukturierungsplänen gewiß nicht gefallen!

Die nahm sich Bente als Nächstes vor; verständlicherweise war er an dem ihm zugedachten Areal am meisten interessiert: Das umfaßte jetzt die gesamte Insel Rügen einschließlich Hiddensee; damit war Bente zufrieden.

Zu diesem Zeitpunkt war Bente nicht bewußt, was sich über ihm zusammenbraute. Neele Jacobsen hatte nach dieser denkwürdigen Versammlung im „Walfisch" in Rostock nichts Eiligeres zu tun, als bei passender Gelegenheit ihrem Chef, Herrn von Salden, von dem – wie sie es nannte – konspirativen Treffen unter Bentes Leitung zu berichten. Da ihrem Chef über das Personalbüro schon zu Ohren gekommen war, daß Herr Bente Wackernagel als frisch gewählter Betriebsrat reichlich Bildungsurlaub angemeldet hatte, um an diversen Seminaren teilzunehmen, hatte sein „Mißfallenskonto" bei Herrn von Salden stark zugenommen; schon jetzt war ihm bewußt, daß ihm mit diesem Herrn Wackernagel in seiner neuen, nicht kündbaren Position und der rechtlichen Schulung recht unbequeme Zeiten bevorstehen konnten. Zudem lag ihm seine Gattin immer noch in den Ohren, diesen impertinenten, unbotmäßigen Mitarbeiter Wackernagel gehörig und nachhaltig zu maßregeln. Herr von Salden wußte aus Erfahrung, daß seine Gattin keine Ruhe geben würde, bis ihr Genugtuung zuteil geworden wäre. Bloß gut, daß er sie im fernen Lohme hatte unterbringen können.

Von all diesem ahnte Bente nichts, als er zu seinem ersten Seminar nach Warnemünde fuhr. Er konnte es kaum glauben: das Seminar fand im noblen Hotel „Neptun", direkt am Strand gelegen, statt; untergebracht waren die Seminarteilnehmer in einem nahegelegenen Seglerheim in Einzelzimmern. Am Nachmittag begann das Seminar im Konferenzzimmer des „Neptun". Unter den Seminarteilnehmern entdeckte Bente keine einzige Frau. Es begann mit dem Vortrag eines Soziologen von der Hochschule Neubrandenburg über die spezielle Kosten-Nutzen-Rechnung im Verwaltungswesen. Bente hatte sich zunächst mit übereinander geschlagenen Beinen in seinem Stuhl zurückgelehnt, weil er meinte, einen langweiligen Vortrag von mindestens einer Stunde ertragen zu müssen. Doch da hatte sich Bente gründlich verschätzt; der frei redende Soziologe nahm gnadenlos die herkömmlichen Strukturen und Abläufe eines Verwaltungsapparates unter die Lupe und bewertete Schritt für Schritt die Kosten und den Nutzen bei dem Werdegang eines amtlichen Bescheides. Dabei kam er zur allgemeinen Belustigung zu dem Schluß, daß die abschließende Unterschrift des Präsidenten bei dieser Kosten-Nutzen-Relation zu dem kostspieligsten Akt geriet. Das war ganz nach Bentes Geschmack und er war hellwach geworden.

Die folgenden Referenten behandelten Teilaspekte des Betriebsverfassungsgesetz und waren dementsprechend öde und wenig mitreissend. Außerdem konnte man das Alles im ausgeteilten Skript in Ruhe nachlesen. So ging der Nachmittag langsam vorbei. Als um 18.00 Uhr der letzte Referent dieses Tages zum Ende kam, waren die Luft im Saal und der Elan der Zuhörer ziemlich verbraucht. Die Aufforderung des Seminarleiters, zum gemütlichen „Coming Together" in der Grillstube „Broiler" des Hauses zusammen zu kommen, wurde mit allgemeinem Applaus begrüßt.

Nach dem langen Stillsitzen am Nachmittag im Konferenzraum waren die Seminarteilnehmer jetzt sehr mitteilsam und „fluteten" die besagte Grillstube wie eine angeregte Gruppe älterer Ehemaliger bei einem Klassentreffen. Bei einem so plötzlichen unangemeldeten Ansturm war es schwierig Alle unterzubringen; doch nach einigem unschlüssigen Zögern ermannte sich einer nach dem anderen und fand noch Platz an nur zum Teil besetzten Tischen. Die weniger Couragierten wie Bente nahmen die

Drehsessel längs der Theke ein. So kam es zu einer Art „Durchmischung" der Anwesenden, was aber keineswegs als unsympathisch empfunden zu werden schien, insbesondere nicht von den solo anwesenden Damen. Auch Bente war mit sich und der Welt zufrieden; nach dem ermüdenden Nachmittag jetzt hier im anheimelnden Licht der Hängelampen über der Theke, ein kühles Bier vor sich und im wahrsten Sinne des Wortes im Anblick von goldig gebräunten, sich am Spieß drehenden Hähnchen zu sitzen, war die pure Erholung.

Ein paar Bier später und nachdem Bente mit großem Genuß „sein gegrilltes Hähnchen gerupft hatte", geschah wieder einmal das sogenannte „Bierwunder"[36]. Der Sessel zur Rechten von Bente war frei geworden und eine mütter-

---

36 Der Autor dieses Buches war im Laufe seines Berufslebens eine Zeitlang auch in den Carlsberg-Laboraroterien in Kopenhagen tätig und hat dort von einem Braumeister, also aus berufenem Munde, erfahren, daß es im Bier eine noch nicht identifizierte Substanz geben muß, durch welche die Frauen in der männlichen Wahrnehmung im Laufe des Abends noch hübscher werden.

lich füllige, - wie sich noch später herausstellen sollte – Österreicherin, schwarzhaarig mit einigen gebleichten Strähnen, fragte ihn mit einem Augenaufschlag, dem er in seinem Zustand nicht widersprechen mochte, ob der Sessel neben ihm für sie frei sei, und hatte schon Platz genommen, bevor er ein Wort von sich geben konnte. Das diese Katja plötzlich neben ihm saß, faßte Bente keineswegs als Anmache auf, sondern er fühlte sich irgendwie geschmeichelt, daß sich Katja ausgerechnet zu ihm gesetzt hatte. Sie trug unter einer Art Weste eine ziemlich enge, goldfarbene Chiffonbluse, die in den Knopflöchern über ihrem fülligen Busen sperrten. Wie nicht anders zu erwarten, folgte jetzt die Phase des gegenseitigen Bekanntmachens, mit den gemeinhin üblichen Übertreibungen und Verschönerungen. Darin versteckt war die angelegentliche Frage nach dem eventuell existierendem Partner bzw. Partnerin. Das Ganze erfolgte unter viel Gelächter. Bente und Katja waren inzwischen zu Champagner übergewechselt und schienen Raum und Zeit längst vergessen zu haben. Leider machte die Grillstube „Broiler" um 21.30 Uhr zu oder sollte man das eher für einen guten Umstand halten, denn Katja und insbesondere Bente waren nicht mehr ganz fähig, die Wirklichkeit zu erkennen. Das wurde erst richtig bewußt, als sie das Lokal gemeinsam verlassen wollten. Am Besten ist ihre Situation unter Verwendung einer Verszeile von Wilhelm Busch beschrieben: Bente war „etwas schwach im Schenkel, drum so führte" sie „ihn am Henkel."[37] Es war ein köstlicher und zugleich Mitleid erregender Anblick, wie dies ungleiche Paar sich abmühte, den langen Plattenweg durch die Dünen vom Hotel „Neptun" bis zu Bentes Zimmer im Seglerheim zu bewältigen.

Da uns jede voyeuristische[38] Neigung fern liegt, überlassen wir Bente in seinem Einzelzimmer mit Katja ihrem Schicksal; es reicht hin, wenn

---

37 Aus „Herr und Frau Knopp: Heimkehr" von Wilhelm Busch

38 **Voyeurismus** ist eine Form der Sexualität, bei der ein *Voyeur* (umgangssprachlich auch **Spanner** genannt) durch das Betrachten von seiner Präferenz entsprechenden, sich entkleidenden oder nackten Menschen oder durch das Beobachten sexueller Handlungen sexuell erregt wird.(Wikipedia)

wir uns am nächsten Morgen wieder um Bente kümmern.

8. Edel sei der Mensch
Juli 2004

Die Zeilen „Edel sei der Mensch, hülfreich und gut! Denn das allein unterscheidet ihn von allen Wesen, die wir kennen[39]" waren für Bente eine humanistische Reminiszenz aus vergangenen Schulzeiten ohne praktische Relevanz zum täglichen Leben; hier galt seiner Meinung nach nur „homo homini lupus"[40] und danach galt es zu handeln, sonst wurde man unweigerlich über den Tisch gezogen. Unter dieser Prämisse[41] betrachtete Bente nicht ohne Grund den Plan seines Chefs von Salden, die Zuständigkeitsbereiche seiner Mitarbeiter im Außendienst neu zu ordnen. Das absolvierte Seminar über die

---

39 Ode „Das Göttliche" von Johann Wolfgang von Goethe
40 homo homini lupus stammt aus der Komödie Asinaria (Eseleien) des römischen Komödiendichters Titus Maccius Plautus
41 Als **Prämisse** oder **Vordersatz** bezeichnet man in der Logik eine Voraussetzung oder Annahme. Sie ist eine Aussage, aus der eine logische Schlussfolgerung gezogen wird.(Wikipedia)

Rechte und Pflichten des Betriebsrates hatte auf Bente fast ähnliche Wirkung wie der Zaubertrank des Miraculix: er war gefangen von der trügerischen Selbstüberschätzung, jeglichen Rechtsstreit mit Gewinn durchfechten zu können. Das war eine fatale Grundeinstellung für die kommenden Ereignisse.

Als Erstes widmete sich Bente ohne Notwendigkeit der immer noch vor Rügen ankernden „Calypso"; ihre Anwesenheit war für ihn eine permanente Herausforderung, die er gleich einem eiternden Holzsplitter endlich los werden wollte. Wieder bemühte er telephonisch die Leitung des Nationalparks Jasmund: man stimmte ihm in seiner Besorgnis vor einem ökologischen Desaster zu, erklärte sich aber im Hinblick auf die Zuständigkeit als machtlos und lobten sein Engagement, das sie medial unterstützen wollten. Genauso wenig Erfolg hatte Bente mit seinem Begehren beim WSA[42]-Ostsee in Stralsund. Wieder redete ihn der verständnisvoll tuende Mitarbeiter mit einer Reihe von an sich

---

42 Wasserstraßen- und Schifffahrtsamt

eigentlich zutreffenden Ausflüchten zu, brachte damit aber Bente zu einem Wutausbruch; es sei doch allgemeiner Brauch, daß die deutsche Polizei im Verdachtsfall Lastwagen aus dem Ausland unter Anderem auf ihre Verkehrssicherheit überprüfen und gegebenenfalls aus dem Verkehr ziehen kann. Warum werde hier im vergleichbaren Fall sehenden Auges für die drohende Umweltkatastrophe nichts unternommen; das sei Untätigkeit von Amts wegen und strafbar. An die exorbitante Höhe der dann drohenden Regreßansprüchen wage er im Augenblick gar nicht zu denken. Da Bente bei dem Mittarbeiter der WSA-Ostsee kein Gehör fand, brach er das unergiebige Telephonat ab und kontaktierte stattdessen die Anwaltskanzlei Rabbsilber & Währpfennig in Stralsund. Das wurde eine längere Unterredung, die damit endete, daß Bente eindringlich darauf bestand, gegen die WSA-Ostsee wegen Untätigkeit nach § 75 Satz 1 der Verwaltungsgerichtsordnung (VwGO) zu klagen. Bente freute sich wie ein kleiner Junge ob seiner vermeintlichen „Großtat".

Es war natürlich unvermeidlich, daß Bente am Abend bei seinem geschnorrten[43] Essen im Diakonieheim vor Franzi und Lotti gewaltig mit seinem bevorstehenden Klageverfahren gegen die WSA-Ostsee prahlte; man konnte meinen, daß Bente schon so gut wie obsiegt habe.

Am nächsten Tag wurde Bentes Hochgefühl empfindlich auf das Normalmaß zurück gestutzt. Nicht nur er konnte stur auf seinem Willen bestehen; Frau Roswitha von Salden war nicht minder störrisch und pochte auf ihr vermeintlich gutes Recht. Sie hatte ihrem Gatten – trotz der räumlichen Trennung – solange „in den Ohren gelegen", bis auch er rechtliche Beratung einholte, wie er diesen Herrn Wackernagel schadlos los werden könne. Wie sich herausstellte, gab die Arbeitsleistung des Herrn Wackernagel keinen Anlass zur Klage; es war auch unbestritten, daß der Kündigungsschutz als Betriebsrat für Herrn Wackernagel nicht

---

43 = jemanden aus Gewohnheit immer wieder um Kleinigkeiten wie Kleingeld, Zigaretten oder Ähnlichem bitten, ohne selbst eine Gegenleistung erbringen zu wollen

greifen konnte, da sein zu beklagendes Fehlverhalten zeitlich vor seine Wahl zum Betriebsrat zu verorten war. Herrn Wackernagels eigenmächtiges und widersetzliches Handeln bei dem Umzugsvorhaben in Lohme, zu dem er im Rahmen seines Arbeitsverhältnisses abgeordnet war, allerdings stelle eine starke Belastung, wenn nicht gar den Verlust des Vertrauensverhältnisses zu seinem Dienstherrn dar und könne justitiabel erfolgversprechend verwendet werden. Herr von Salden wars zufrieden und ließ den Dingen ihren Lauf. So bekam Bente in den nächsten Tagen das Kündigungsschreiben zugestellt, was er in seiner Funktion als Betriebsrat sofort als nichtig erklärte. Damit war auch dieses Gefecht eröffnet.

Dessen ungeachtet kam weiteres Ungemach auf Bente zu; mit der vorgesehenen Umstrukturierung waren etliche von Bentes Kollegen nicht einverstanden: der Zuschnitt der neuen Areale, wo sie für die Hybridheizungsanlagen der Firma werben und sie schließlich verkaufen sollten, war unvorteilhaft gewählt und zog die Besiedlungsdichte und deren soziale Struktur nicht in Betracht; was nach Bentes Ansicht zu gravierender Ungerechtigkeit bei der präsumptiven Möglichkeit von erfolgreichen Verkaufsabschlüssen führen mußte. Deswegen legte Bente kraft seines neuen Amtes als Betriebsrat sein Veto ein und verlangte die Begutachtung des Umstrukturierungsplans durch einen externen Gutachter. Es war unvermeidlich, daß das den Groll von Herrn von Salden auf seinen unbotmäßigen Mitarbeiter Wackernagel gewaltig steigerte.

In diesen Tagen wandelte sich Bentes abendliches Verhalten entscheidend; er kam zwar nach wie vor zum Abendbrotessen zu Franzi und Lotti in die Küche des Diakonieheims, war aber neuerdings auffallend wortkarg und hastig. Dafür hockte er bis tief in die Nacht in seinem einsamen muffigen Haus vor dem Bildschirm seines Computers und grübelte fingernägelkauend[44] über die Unverschämtheit der Welt

---

44 Das Fingernagelkauen (Onychophagie) kann im Rahmen einer Zwangsspektrumstörung oder selten bei paranoiden Psychosen auftreten, z. B. als Onychotillo-

nach, die ihm sein gutes Recht streitig machen wollte. Er hatte viele Beweggründe eines Michael Kohlhaas[45] in sich; eine dramatische Situation für Bente, der von einem eigenartigen Drang getrieben schien, ähnlich einem Kreuzritter gegen jedes Unrecht zu Felde zu ziehen nach dem Motto „Viel Feind, viel Ehr!"[46] So

manie bezeichnet. Man findet Onychophagie auch bei unruhigen, leicht erregbaren und überängstlichen Personen; dann vor allem in Stress- oder Konfliktsituationen.(Wikipedia)

45 **Michael Kohlhaas** ist eine Novelle von Heinrich von Kleist. Die Erzählung spielt in der Mitte des 16. Jahrhunderts und handelt vom Pferdehändler Michael Kohlhaas, der gegen ein Unrecht, das man ihm angetan hat, zur Selbstjustiz greift und dabei nach der Devise handelt: Fiat iustitia et pereat mundus (dt.: „Es soll Gerechtigkeit geschehen, und gehe auch die Welt daran zugrunde!").(Wikipedia)

46 Georg von Frundsberg, auch *George* und *Jörg* bzw. von *Fronsberg* und *Freundsberg* (* 24.09.1473 in Mindelheim; † 20. 08. 1528 ebenda), war ein süddeutscher Soldat und Landsknechtführer in kaiserlich-habsburgischen Diensten. Sein Name ist eng mit den langwierigen Kämpfen der Habsburger Kaiser Maxmilians I. und Kaiser Karls V. um die Vorherrschaft in Oberitalien verbunden. Frundsberg ist unter

nahm er zu allem anderen juristischem Ärger auch die noch ausstehende Beschwerde über die seiner aufgestachelten Meinung nach zu bemängelnden Mißstände im DRK-Seniorenheim an der Mukraner Straße in Angriff. Dabei ging es Bente weniger um das Wohl seiner dort untergebrachten Mutter, als vielmehr seinem eigenem Drang folgend, in dem DRK-Heim für Ordnung zu sorgen. Es ist selbstverständlich, daß sich Bente mit dieser oberlehrerhafte Attitüde keine Freunde machte und unmöglich alle seine initiierten Rechtsverfahren allein durchstehen konnte.

---

anderem bekannt für seinen zum geflügelten Wort gewordenen Wahlspruch „**Viel Feind, viel Ehr!**"

9. Plötzlicher Abgang
Februar/März 2005

Mitte Februar setzte die Schneeschmelze ein; zusätzlich regnete es tagelang fast ununterbrochen. Bente war froh, daß er derzeit keine offenen Aufträge laufen hatte und daher bei diesem Sauwetter nicht auf sein Motorrad steigen mußte.

Nachdem es im Norden von Rügen besonders heftig geregnet hatte, drückten vom Pieckberg, mit 161 Metern Rügens höchster Berg, gewaltige Wassermassen durch unterirdische Wasseradern Richtung Küste. In der Nacht vom 23. auf den 24. Februar 2005 stürzten die weiß leuchtenden Hauptzinnen der Wissower Klinken in die Tiefe. 50.000 Kubikmeter Kreide wurden in die Ostsee gerissen, von der ursprünglichen Formation blieben nur zwei Stümpfe übrig.

Der Verlust dieses Rügener Wahrzeichens hätte eine allerletzte Warnung für Lohme sein können. Schon 1997 und 1998 hatte der Statik-

——————

Experte Bruno Heppner davor gewarnt, daß der von Grundwasser durchflutete Küstenhang von Lohme ins Rutschen kommen könnte. Auch der Küstengeologe Manfred Kutscher, der auf Rinnsale aufmersam wurde, die aus der Kliffkante sprudelten,warnte, daß der Hang von Lohme instabil sei.

So kam das Ereignis vom 19. März gegen 22 Uhr zwar plötzlich, aber eigentlich nicht unerwartet. An diesem Samstagabend begannen, kurz nach 22 Uhr, bei Lieselotte Köck im Diakonieheim die Gläser in den Schränken zu klirren und plötzlich wackelten die Wände. Ihre Nachbarin, die noch 200 Meter näher am Hang wohnte, hatte ein bedrohliches Ächzen bemerkt, das durch das Fachwerk ihres alten Kapitänshauses ging. Als sie hinaussah, waren plötzlich die Bäume vor dem Haus verschwunden. Zum ersten Mal konnte sie vom Fenster aus das Leuchtfeuer vom Kap Arkona sehen.

Die Wasser-gesättigten Geröllmassen im Westteil von Lohme waren in Bewegung geraten. Der Hang brach auf einer Länge von 100 Metern, und etwa 400.000 Kubikmeter stürzten von der Küstenkante 20 Meter tief in Richtung

Lohmer Hafen. Binnen weniger Sekunden rutschte ein Gartenplateau, größer als ein Fußballfeld, inklusive Obstbäumen, Birken und Tannen zum Hafenstrand hinunter. .

Die Bewohner in Lohme kamen mit dem Schrecken davon. Gerade mal vier Meter vor dem Diakonieheim [47] kam die Rutschung zum Stehen. Nur ein Teil der Rollstuhlrampe und Bentes Motorrad wurden in die Tiefe gerissen. Die 26 Heimbewohner mussten noch in der Nacht in das Lohmer Panorama-Hotel evakuiert werden.

Auch Bente Wackernagel hatte der nächtliche Tumult jäh aus dem Bett gerissen. Mit schläfrig schmalen Augen linste er hinter der Gardine hervor hinüber zur Dorfstraße und zum voll erleuchteten Diakonieheim, wo die Evakuierung der Heimbewohner unter viel flackerndem Blaulicht vollzogen wurde. Schlaftrunken, wie er war, verstand er die ganze Aktion nicht. Für

---

47 Für das absturzgefährdete Heim, ein dreigeschossiges Gebäude, das erst vier Jahre zuvor für zwei Millionen Euro saniert worden war, wurde jeglicher Zutritt verboten. Angeblich nur noch ein einziges Mal sollen Spezialkräfte das versiegelte Haus betreten haben, um die wichtigsten Unterlagen zu bergen.

einen kurzen Augenblick machte er sich Sorgen um den Verbleib von Lotti und Franzi; das war für Bente eine befremdliche Erfahrung, die er nicht von sich kannte. Noch mehr irritierte ihn, daß weiter oben die Dorfstraße durch einen quergestellten Polizeiwagen abgeriegelt und sämtlicher Verkehr ferngehalten wurde. Es entsprach Bentes Naturell, daß er wieder einmal – ohne zu wissen, was wirklich geschehen war – seine Umwelt für doof erklärte ob ihrer übertriebenen Aktionen. Zur Beruhigung trank er die angebrochene Flasche Störtebeker vom gestrigen Tag noch aus und legte sich wieder ins Bett.

Umso erstaunter sollte er am nächsten Morgen sein: Denn nachdem Messtrupps noch in der Nacht an dem geneigten Steilküstenufer neue Verwerfungen und Risse ausgemacht hatten, wurde nicht nur die alte Dorfstraße gesperrt. Die Untere Baubehörde hatte auch den Weiterbetrieb mehrerer Wohn- und Ferienhäuser, Bungalows, eines Kiosks und des beliebten „Café Niedlich" am Strandabgang kurzfristig untersagt. Weil neue Hangrutschungen drohten, durften Boote und Schiffe den teilweise mit 2000 Kubikmetern Geschiebemergel verschütteten Hafen nicht mehr ansteuern. Jetzt erst begriff Bente Wackernagel das Ausmaß der Katastrophe, was bei ihm automatisch zu der Frage führte, wer denn Schuld[48] an diesem Desaster sei.

Zu seinem Motorrad, das er gestern hinter dem Diakoniegebäude hatte stehen lassen, ließ ihn die Polizei nicht durch; sogar die Dorfstraße war für den Verkehr gesperrt. In dieser angespannten Stimmung blühten natürlich diverse Bemerkungen und aufgebauschte Schreckensmeldungen prächtig auf; die Gerüchte gingen so weit, daß der ganze Ort Lohme nicht mehr zu halten sei. Weil die Kliffkante immer näher rückte, drohte inzwischen auch das leer stehende Diakonieheim[49] abzustürzen. Verständlicherweise wurden die Einwohner von Lohme unruhig und verlangten nach einer radikalen

---

48 Im Dezember 2011 warf das Oberlandesgericht Rostock einem Architektenbüro aus Nordrhein-Westfalen vor, bei der Sanierung des Diakoniegebäudes 2001 seinen Auftraggeber nicht ausreichend über die Standsicherheit der Suchtklinik aufgeklärt zu haben.

49 Im Mai 2008 ging der Auftrag zum ferngesteuerten Rückbau an die Schwedter Spezialfirma 3 S Abriss und Recycling GmbH. Sechs Wochen später war das Gebäude bis auf das Kellergeschoss verschwunden.

Stabilisierung des Hanges. Und Schwerin reagierte. Schon im Mai 2005 hatte Schwerin kurzfristig mehr als zwei Millionen Euro für den Bau einer neuen Dorfstraße und zwei Gutachten bewilligt[50]. Damit wurde Lohme über die kommenden fünf Jahre in seinem Bestand gerettet.

Nun aber zurück zu unserer Hauptperson. Bente Wackernagel nahm sicher die allgemeine Aufregung wahr, etwaiges Mitgefühl aber konnte in ihm nicht aufkommen, da er von der Frage

---

50 Um den Hang „auszutrocknen", haben Experten der bayrischen Spezialtiefbau GmbH aus Inzell 2009 mit dem Schiff schwere Bohrtechnik in den Lohmer Hafen bringen lassen. Vom Hangfuß aus fraßen die Spezialmaschinen 15 Horizontalbohrungen in den Hang. Anschließend wurden die jeweils 32 bis 56 Meter langen Entwässerungstunnel mit filterummantelten Dränagerohren ausgekleidet, durch die das Wasser hinunter zum Meer fließen konnte. Auf diese Weise sei es gelungen, die Grundwasserstände um bis zu vier Meter zu senken, sagt Projektleiter Gothow. Die Kosten: 650 000 €. 2011 wurde dann zusätzlich für 200.000 € eine Tiefenentwässerung im Rutschungsbereich der ehemaligen Diakonie installiert. Zudem wurden für 1,65 Millionen € Erdbetonstützen eingebaut. Die Neigung der Böschung oberhalb des „Café Niedlich" wurde reduziert und eine Zufahrtsstraße zum Hafen gebaut

nach dem Schuldigen geradezu „beseelt" war. In seiner Weltsicht war es wichtig, für jeden Vorgang oder jedes Ereignis des Verursachers habhaft zu werden, um ihn zur Rechenschaft zu ziehen, das heißt von ihm Geld einzuheimsen oder zumindest Schadenersatz zu bekommen.

So hatte er, als er endlich sicher wahr, daß bei dem Erdrutsch auch sein Motorrad mit in die Tiefe gestürzt war, nichts Eiligeres zu tun, als diesen Verlust bei der Polizei, der Versicherung und sonstigen möglicherweise in Frage kommenden Institutionen anzuzeigen; dabei machte er auch gleichzeitig geltend, wieviel Verdienstausfall er durch unverschuldeten Verlust seines Motorades erlitten habe. Die Mietkosten für ein Ersatzmotorrad stellte er ebenso in Rechnung wie die präsumptiven Gewinne, die ihm durch seine zwanghafte Immobilität entgangen waren. Seine Firma in Rostock hatte Bente sofort und sehr wortreich in Kenntnis gesetzt, wobei er auch in diesem Schreiben nicht umhin konnte, auf sein tadelloses Verhalten und die noch nicht geklärte Schuldfrage hinzuweisen. Im Personalbüro seiner Firma ging Bentes Brief drei Tage später ein und wurde in seine Akte eingeheftet.

Es war nun nicht so, daß sich Bente in Sicherheit wähnte, weil sich sein Grundstück und Haus gut 200 Meter von der Dorfstraße – der imaginären Grenze des rutschungsgefährdeten Gebiets - enfernt hangaufwärts befand. Er wußte um die Mängel seines Hauses, in dem er seit Kindestagen wohnte. Seine Keller waren ganzjährig feucht und rochen dadurch dumpf und modrig; bei regenreichem Wetter drang zudem das Grundwasser von der Hangseite her durch das Mauerwerk der Kellerwände, so daß Bente gezwungen war, in jedem der Keller eine Saugpumpe zu installieren, die automatisch bei steigendem „Pegelstand" ansprang und die Keller „begehbar" hielt. Zur Zeit war er auch akribisch um den Zustand seines Hauses bemüht, um etwaige Schäden am Haus rechtzeitig und rechtskräftig dokumentieren zu können. Ansonsten sah man ihn mit Hinz und Kunz in der näheren Nachbarschaft wortreich darüber debattieren, wer wo welche Schäden erlitten, ihren Ersatz beantragt und immer noch nicht einen Bescheid erhalten hätte. Er hatte natürlich auch schon längst mit Lieselotte Köck Kontakt aufgenommen, die ihm außerordentlich wortreich die Ereignisse vom Abend des 19. März schilderte und dabei so manche Träne vergoß. Auf Bentes

Frage nach seinem Motorrad schüttelte sie nur gesenkten Hauptes ihren Kopf und sagte aufschluchzend, daß Alles, was hinter dem Haus gestanden habe, „den Bach runter gegangen" und damit für immer perdu sei. In gewisser Weise war Bente zufrieden mit dieser Auskunft, konnte er sich doch jetzt Gedanken darüber machen, wie er rechtlich jemanden geschickt in Regress für den Verlust seines Motorrades bringen konnte. Auf dem Rückweg in sein Haus wunderte er sich, warum auf einmal die schmiedeeiserne Gartenpforte und die Haustür klemmten. Bente ärgete sich darüber, war in Gedanken aber damit beschäftigt, ob der Platz, wo er sein Motorrad abgestellt hatte, vom Diakonieheim offiziell mit einem amtlichen blauen Parkplatzschild gekennzeichnet gewesen war. Zu schade, daß er das Areal nicht photographiert hatte, dann hätte er einen Beweis für eine mögliche Haftungsfrage gehabt. Er nahm sich vor, gleich morgen den Rechtsanwalt Rabbsilber in Stralsund wegen dieser Angelegenheit zu befragen.

Bente Wackernagel war schon zu „bewundern", wie er da im Wohnzimmer mit der Bierflasche in der Hand vor dem Fernsehapparat saß, nichts von der Tagesschau mitbekam und verbissen über die Rechtslage zu seinem abgestürzten Motorrad nachdachte. Jeder normal empfindende Mensch hätte sich an seiner Stelle Sorgen um den Fortbestand von Lohme und das Schicksal von seinen Einwohnern gemacht, die durch plötzlichen Hangabgang ihr gesamtes Hab und Gut verloren hatten; Bente fehlte das Empfinden dafür, was es bedeutet, plötzlich Haus und Grundstück zu verlieren; er hatte eine unruhige Nacht mit wenig Schlaf, weil er es nicht lassen konnte, im nächtlichen Herumduseln weiter an der Schuldfrage „herumzunagen" wie ein Hofhund an einem alten Knochen. Daher rief Bente am nächsten Morgen bei dem Rechtsanwalt Rabbsilber in Stralsund an und trug ihm – unterbrochen durch mehrere „Denkpausen" - sein Anliegen vor. Vorrausschauend hatte der Rechtsanwalt offenkundig schon über den möglichen rechtlichen Hintergrund des Lohmer Erdrutsch Erkundigungen eingezogen oder er tat geschäftstüchtig nur so; jedenfalls war Bente nach dem Telefonat etwas ruhig gestellt durch Rabbsilbers Auskunft, daß das Diakoniegebäude vor vier Jahren unter der Leitung eines Architektenbüros aus Nordrhein-Westfalen ohne Bedenken oder Einschränkungen

grundsaniert worden sei. Grundsätzlich half diese Mitteilung auch nicht weiter, aber Bente hatte „Futter" für seine Grübeleien.

10. Einer zahlt immer
Spätsommer 2005

Was Bente in diesem Spätsommer noch erleben sollte, hätte er sich fürwahr nicht träumen lassen. Es begann damit, daß er eines Morgens, als er wie immer nach seinem verhaßten Schrotttanker sehen wollte, dieser einfach über Nacht verschwunden war. Bente konnte es kaum glauben und rieb sich verblüfft die Augen; irgendwie fühlte er sich düpiert, auf so einfache Weise den Anlaß seines Ärgers verlustig gegangen zu sein. Einigermaßen verärgert rief er seinen Anwalt an und informierte ihn darüber, daß mit dem Verschwinden der „Calypso" für seine Klage, die schon beim Gericht in Bergen anhängig war, die Grundlage nicht mehr bestand. Sein Anwalt kommentierte Bentes Mitteilung nicht, gab aber nach dem Telephonat seiner Bürokraft den Auftrag, die Endabrechnung für Herrn Wackernagel fertig zu machen; genauso reagierte das Gericht in Bergen, das Verfahren Wackernagel vs. WSA-Ostsee wurde eingestellt und die bislang aufgelaufenen Unkosten pari auf die Kontrahenten verteilt. Wenige Tage später „flatterten" die beiden Rechnungen Bente ins Haus; sein De-

saster brauchte er Franzi und Lotti nicht einge-
stehen, denn das üblichen Abendessen konnte
aufgrund der Schließung des Diakonieheims
wegen akuter Einsturzgefahr nicht mehr statt-
finden. Damit nicht genug ereilte Bente weiteres
Ungemach: in seiner selbstherrlichen Unbe-
darftheit hatte er seinen Streit mit der DRK begonnen, also ohne seine Mutter, deren Anliegen
er zu vertreten meinte, vorher zu fragen oder in
das Verfahren einzubinden. Die Leitung des
DRK-Seniorenheims verlegte Bentes Mutter –
im gu-ten Glauben, ihr damit etwas Gutes zu
tun – von einem Zimmer auf der Ostseite des
Hauses in eines auf der Südseite mit eigenem
Balkon. Doch dieser Zimmerwechsel war nicht
im Sinne von Bentes alter Mutter: ihr war das
Zimmer durch die Südlage zu warm und das
Licht zu grell; Bente kümmerte sich nicht darum
und besänftigte sich selbst mit der Annahme,
seine Mutter werde sich schon mit der Zeit an
das neue Zimmer gewöhnen.

Seine Regreßansprüche an die Leitung des
Diakonieheims wegen seines bei dem Hangabgang mitgerissenen Motorrades stand bildlich
gesprochen auf juristisch unsicherem Boden,
so daß jeder einsichtige Normalmensch, gewär-
tig der aussichtslosen Lage, aufgegeben hätte;

113

diese Einsicht indes fehlte Bente völlig und er war überzeugt, um sein gutes Recht zu kämpfen. Sein Hauptargument war, daß der Platz hinter dem Diakonieheim durch das amtliche blaue Verkehrsschild als Parkplatz ausgewiesen gewesen sei und damit dem potentiellen Benutzer suggeriert habe, daß sein Fahrzeug hier sicher abgestellt sei. Bente unterstellte also dem Eigentümer des von ihm eingerichteten Parkplatzes eine damit zwingend verbundene Sorgfaltspflicht. Die Gegenseite ließ sich auf diese Beweisführung überhaupt nicht ein und machte Höhere Macht geltend und lehnte damit eine Regreßpflicht rundweg ab. Bente wollte noch den Verdienstausfall geltend machen, den er durch den Verlust seines Motorrades erlitten hatte, doch dazu kam er nicht mehr.

Er bekam von seiner Firma die fristlose Kündigung. Zunächst lachte Bente spöttisch darüber, fühlte er sich doch als Betriebsrat vor Kündigungen gefeit. Doch der gegnerische Rechtsanwalt bezog sich auf die Zeit, bevor Bente zum Betriebsrat gewählt worden war, und den schweren Fall von Vertrauensverlust bei der aufgetragenen Kontrolle des Umzugs in Lohme. Bente kochte vor Wut und wollte sofort alle juristischen Mittel ergreifen, um die Nichtigkeit der Kündigung zu belegen. Aber diese Mühe konnte er sich ersparen.

Zehn Tage später las Bente morgens in der Ostseezeitung, daß seine Firma tags zuvor für Alle überraschend Insolvenz[51] angemeldet habe. Bente saß wie vom Blitz getroffen in seiner Küche und ihm dämmerte, daß damit auch sein Job als „mobiler Eintreiber" für Aufträge ein jähes Ende gefunden hatte. Jetzt sah er den plötzlichen Umzug von Roswitha von Salden nach Lohme mit ganz anderen Augen; das war nichts anderes, als den Tatbestand der Gütertrennung des Ehepaars von Salden juristisch manifest zu machen. Auch die unverhoffte Aktion, die Firma neu zu strukturieren, wertete Bente jetzt als verspäteten Versuch, die Firma vor dem drohenden Konkurs zu bewahren. Es war Bente schon seit längerer Zeit nicht verborgen geblieben, daß die asiatische Konkurrenz

---

51 Die **Insolvenzmasse** umfasst nach der Legaldefinition des §35 Insolvenzordnung (InsO) das gesamte Vermögen, das dem Insolvenzschuldner zur Zeit der Eröffnung des Insolvenzverfahrens gehört und das er während des Verfahrens erlangt (sogenannter „Neuerwerb"). Die Gegenstände der Insolvenzmasse sind nach §153 InsO in der Vermögensübersicht aufzulisten, um sie den Verbindlichkeiten des Schuldners gegenüberzustellen.(Wikipedia)

mit weitaus günstigeren Modulen auf den europäischen Markt drängte. Und nun forderte diese Entwicklung ihre absehbaren Opfer. Kein erquicklicher Gedanke für jemanden, der allein in seinem modrig müffelnden Haus bei einer Tasse erkaltendem Kaffee sitzt und dessen Berufsaussichten sich gerade in blauen Dunst aufgelöst haben.

Was sollte er tun? Die einzige Chance, die er noch sah, war die Vermögensübersicht der Insolvenzmasse. Wenn er die zu Gesicht bekommen könnte, wäre unter Umständen noch was herauszuholen; schließlich war er immer noch Betriebsrat und hatte sich um die Belegschaft zu kümmern, gerade weil seine Firma in Insolvenz gegangen war.

Es dauerte ziemlich lange, bis es Bente endlich gelang, bis zum Insolvenzverwalter vorzudringen. Es war indes erfolglos, weil sich herausstellte, daß offensichtlich alle nennenswerte Vermögenswerte rechtzeitig in das vor Zugriff gefeite Portefeuille[52] der Roswitha von Salden verschoben worden waren. Mit Ingrimm dachte Bente an das jüngste Ortsgerücht, daß seit 14 Tagen unten im Hafen von Lohme eine

---

52 Im übertragenem Sinn für Eigentum

116

luxuriöse Motoryacht Quicksilver 645 Cruiser vertäut liege mit der Eignerin Roswitha von Salden. „Der Teufel scheißt immer auf den größten Haufen[53]" dachte Bente und stellte auch diese Aktion der Geldbeschaffung resigniert ein.

Es war schon deprimierend für Bente; hatte er sich doch voller Elan dafür eingesetzt, gegen Ungerechtigkeiten zu Felde zu ziehen, und was kam Ende dabei heraus: er mußte noch selbst draufzahlen, während die anderen ihr Schäf-

---

53 Der Matthäus-Effekt ist eine von Robert K. Merton und Harriet Zuckerman entwickelte These der Soziologie über Erfolge. Wo dieser Effekt auftritt, entstehen aktuelle Erfolge mehr durch frühere Erfolge und weniger durch gegenwärtige Leistungen. Ein Grund liegt in den stärkeren Aufmerksamkeiten, die Erfolge erzeugen. Dies wiederum eröffnet Ressourcen, mit denen weitere Erfolge wahrscheinlicher werden. Kleine Anfangsvorteile einzelner Akteure können so zu großen Vorsprüngen heranwachsen, und eine sehr geringe Anzahl von Akteuren kann den Hauptteil aller Erfolge auf sich vereinen, während die Mehrheit erfolglos bleibt. Dieses Phänomen wird in einigen Sprichwörtern thematisiert, z. B. „Wer hat, dem wird gegeben", „Es regnet immer dorthin, wo es schon nass ist", „**Der Teufel scheißt immer auf den größten Haufen**", „Wo Tauben sind, fliegen Tauben zu". (Wikipedia)

chen ins Trockene brachten. Mit diesen trüben Gedanken blätterte Bente in der Ostseezeitung und stieß auf die Ausschreibung einer Vollzeitstelle als Ranger im Nationalpark Jasmund. Das nahm Bente als einen Fingerzeig des Schicksals; dann wäre er doch wieder wer. Kurzentschlossen setzte er ein Bewerbungsschreiben auf und sandte es noch an demselben Tag ab.

Und er hatte Erfolg: schon drei Tage später erhielt er einen Brief, in dem er um Vorstellung im Königsstuhl-Zentrum gebeten wurde. Dort traf er auf eine Gruppe nach Art der Förster grünberockter Männer und den Leiter Dr. Stodian; zu Bentes Überraschung (und geheimen Freude) nahm man sein Engagement für das Wohl des Nationalparks Jasmund und seine potentielle Gefährdung durch die vor Rügen liegende „Calypso" äußerst positiv in Bezug auf seine Bewerbung als Ranger auf; auch seine bisherige Tätigkeit schien positive Elemente in Bezug auf Bentes Fähigkeit, mit Fremden überzeugend umgehen zu können, für die vakante Stelle als Ranger zu haben. Man fand Gefallen aneinander und Bente bekam die Stelle.

Sozusagen als eine Art Inthronisation wurde

Bente sogleich die vollständige Bekleidung in Grün für seine zukünftige Tätigkeit als Ranger angepaßt. Bente war heilfroh, wieder eine Aufgabe zu haben und „in Lohn und Brot" zu sein.

Zum Schluß wurde Bente eine Art Knigge[54] für den Nationalpark Jasmund überreicht; er staunte nicht schlecht: Wie naturfern mußten die Menschen inzwischen schon geworden sein, daß man ihnen eine Art Gebrauchsanweisung an die Hand geben mußte:

Am Kliff kann es zu **Rutschungen** *oder* **Steinschlag** *kommen.*

Eine Gefahr von **Kliffabbrüchen** *besteht immer. Besonders starke Niederschläge oder das einsetzende Tauwetter im Frühjahr bedingen*

---

54 **Adolph Franz Friedrich Ludwig Freiherr Knigge** (* 16. 10. 1752 in Bredenbeck bei Hannover; † 6.05. 1796 in Bremen) war ein deutsher Schriftsteller und Aufklärer. Von 1780 bis 1784 war er ein führendes Mitglied des Illuminatenordens. Bekannt wurde er vor allem durch seine Schrift *Über den Umgang mit Menschen.* Sein Name steht heute stellvertretend, aber irrtümlich, für Benimmratgeber, die mit Knigges eher soziologisch ausgerichetem Werk im Sinne der Aufklärung nichts gemeinsam haben.

solche Abbrüche.

Absturzgefahr! *Immer einen sicheren Abstand zur Kliffkante einhalten!*
In den Kernzonen gilt absolutes Wegegebot. Überall gilt: Auf den Wegen läuft und fährt es sich am besten und abseits der Wege beginnt das Reich der Tiere.

Pflanzen und Pilze nicht mitnehmen oder beschädigen!

Tiere nicht stören! Werden Tiere gesichtet, können diese aus der Ferne beobachtet werden.

Nicht Lärmen! Wer sich ruhig verhält, hat gute Chancen auf überraschende Tierbeobachtungen.

Das Nächtigen außerhalb von Campingplätzen und festen Gebäuden ist verboten!

Im Nationalpark gilt, wie in allen Naturschutzgebieten, ein generelles Flugverbot für Drohnen. Sie stören Tiere und andere Besucher.

Getreu dem Grundsatz „nichts reintragen -

nichts raustragen", den Müll immer mitnehmen! Hunde müssen an der Leine laufen, damit Wildtiere nicht gestört werden.

Kein Feuer entzünden! Die Gefahr von Bränden ist groß.

Achtung, Natur bedeutet auch Gefahren! Äste können herabfallen und Bäume umstürzen oder auch Wurzeln zu Stolperfallen werden. Deshalb: Augen auf und bei starkem Wind den Wald am besten meiden!

Über soviel Maßregelung war Bente zunächst erstaunt und fand sie sogar zum Teil anmassend; für ihn hatte eine Wanderung im Wald immer bedeutet frei-zu-sein, ledig jeder Fessel. Bei seiner neuen Aufgabe als Ranger mußte Bente eine gehörige Menge an Diplomatie und Empathie aufbringen, um mit den Menschen-(massen) zurechtzukommen; mit der Zeit sah er sogar ein, warum der Blaue Weg auf der Seite zur Kliffkante hin fast durchgehend durch einen Staketzaun aus naturbelassenen Hölzern abgesichert war, sodaß der Mensch[55], das größte

---

55 Der Mensch fürchtet nichts weniger als das Ende der Evolution. Für den Wissenschaftshistoriker Matthias Glaub-

Raubtier, die ganze Zeit an dieser massiven Absperrung entlang tigern mußte.

Besonders schwierig und anstrengend war es für Bente, wenn meist an heißen Tagen ein Teil der Touristen auf ihrer Wanderung zum Königsstuhl vermeinte, auf halbem Weg unbedingt in der Waldhütte einkehren zu müssen, und sie anschließend – mehr oder weniger alkoholisiert – auf die unmöglichsten Einfälle kamen und sich zusammen mit Anderen gefährdeten.

---

recht **ist der Mensch das größte Raubtier**, das sich durch die gesamte Tier- und Pflanzenwelt frisst und dabei alles zerstört, was ihm in den Weg kommt.

11. Ein grünes Finale

Bis hierher sind Sie Bente in seinem verquasten Drama – ich denke, manchmal kopfschüttelnd – gefolgt. Dann bietet sich Ihnen in der nun folgenden Katharsis[56] die Beruhigung, wie Bente endlich die seinem Naturell adäquate „Nische" gefunden haben könnte. Sie werden erleben, wie sich Bente weiter entwickeln wird gemäß dem Sinnspruch von Abraham Lincoln „Willst du den Charakter eines Menschen kennenlernen, so gib ihm Macht." Aus meiner Zeit beim Wehrdienst kann ich mich an eine flapsige Variante dieses Sinnspruchs erinnern, den wir gern in Bezug auf weniger talentierte Vorgesetzte anwandten: „Gib dem Mann ein Amt und er füllt es aus!"

---

56 Die **Katharsis** (κάθαρσις *kátharsis* „Reinigung") bezeichnet in der aristotelischen Poetik die „Reinigung" von bestimmten Affekten. Durch das Durchleben von Jammer/Rührung und Schrecken/Schauder erfährt der Zuschauer des Dramas als dessen Wirkung eine Läuterung seiner Seele von diesen Erregungszuständen (*Poetik*, Kap. 6, 1449b26).(Wikipedia)

Nachdem Bente seine trübsinniges und taten-
loses Herumhocken in seinem klammen Haus
der letzten zwei Wochen erfolgreich überwun-
den hatte, erfüllte es ihn jeden Morgen mit
Stolz, in seine neue grüne Dienstkleidung zu
steigen.

Allerdings barg seine neue Tätigkeit ungeahnte Schwierigkeiten; er hatte es tagtäglich mit
jeder Sorte von Touristen zu tun, die – ans Au-
tofahren gewöhnt – sich unvorbereitet und
nichtsahnend auf den „Blauen Weg" (das ist der
sogenannte Höhenweg längs der Kreideküste)
begeben und zusätzlich zur Wegstrecke die
zahlreichen, tief eingeschnittenen Bachtäler mit
Holzsteigen hinauf und hinab zu bewältigen
hatten. Das konnte die Harmonie und gute Lau-
ne mancher Gruppe stark belasten. Wenn dann
noch Bente – in seiner grünen Kleidung als
sozusagen „amtliche" Person kenntlich –
auftauchte und sich erlaubte, einige Ermah-
nungen zu äußern, so konnte es geschehen,
daß er als willkommenes Opfer die aufgestaute
Unlust drastisch zu hören bekam. Mit der Zeit

entwickelte Bente Routine darin, solche heiklen Situationen mit ruhigen Erklärungen z.B. wie weit es nur noch bis zum Königsstuhl sei und daß es eine dort ein Restaurant und eine Buslinie zurück nach Sassnitz gebe, besänftigen. Seine Erwähnung von Restaurant und Buslinie bewirkte meist Wunder und milderte die vormalige Grantigkeit.

Trotz Allem gefiel Bente seine neue Tätigkeit. Da er fast täglich durch die Wälder des Jasmund streifte, fand er es bald auch nicht mehr nötig, so glatt rasiert und mit kurz geschnittenen Haaren wie zu seiner Zeit als Vertreter für Hybridheizungsanlagen herumzulaufen. So lugten bald unter seiner runden grünen Kappe gelokkte graue Haare hervor und ein üppiger Kinn- und Backenbart umrahmte sein Gesicht. Seltsamerweise brachte ihm seine neue Haartracht bei seinem täglichen Publikum mehr Respekt und wohl auch Zutrauen ein.

Ganz unverhofft ereilte Bente bei seiner Tätigkeit als Ranger ein sein Image veränderndes Ereignis: Hin und wieder buchte ihn einer der drei Kindergärten von Sassnitz - „Kunterbund", „8. März" oder „Lütt Matten" - zu einer Waldführung. Nachdem sich Bente auf die Kinder eingestellt hatte und wuße, wie er ihre Aufmerksamkeit gewinnen konnte, blieb es nicht aus, daß er von einigen Kindern angehimmelt wurde. Und als eines Tages eines dieser Kinder Bente mit dem Namen Ole Lukøje[57] ansprach, war es geschehen. Wie ein Lauffeuer verbreitete sich Bentes Spitzname unter den Kindern – und bald auch unter den Erwachsenen.

So kam Sassnitz neben Sindbad[58] zu seinem zweiten Faktotum und Bente war auf einem guten Weg, vom Rügener zum Rüganer zu mutieren.

---

57 Ole Lukøje basiert auf der Sagengestalt des Sandmanns. Erstmals 1724 von J.R. Paulli in der Komödie *Julestuen og Maskeraden"* aufgegriffen, ist heute vor allem das Kunstmärchen von Hans Christian Andersen bekannt. Andersens Erzählung *Ole Lukøie* erschien erstmals am 20. Dezember 1841 in *Eventyr fortalte for Børn. Ny samling. Tredie Hefte.*(Wikipedia)

58 Siehe Holger Nielsen „Tödlicher Sturz von den Kreidefelsen" BoD, 1924, und Holger Nielsen „Fatales Wiedersehen in Sassnitz" BoD, 1924.

12. Vom gleichen Autor (Pseudonym) bereits erschienen:

Holger Nielsen (2003) **Ralfs Erbe**
BoD, 2003, 256 S., 18,20 €, ISBN 10: 3833005947

Holger Nielsen (2011) **Wer, wenn nicht er?** BoD, 438 S, 27,90 €, ISBN-10: 384256854

Holger Nielsen (2024) **Mein zweiter Schlaganfall und mein Weg zurück zu mir** BoD, 2024, 120 S, 18,99 € ISBN 9783758367168

Holger Nielsen (2024) **Tödlicher Sturz von den Kreidefelsen** BoD, 112 S, 18,99 €, ISBN 9787597 14701

Holger Nielsen (2024) **Konrads Karriere Knick** BoD, 114 S, 7,99 €, ISBN 9783759736130

Holger Nielsen (2024) **Wie Phönix aus der Asche, leider leicht lädiert** BoD, 2024, 98 S, 5,99 €, ISBN 9783759794734

Holger Nielsen (2024) **Fatales Wiedersehen in Sassnitz** BoD, 176 S, 7,99 €, ISBN 97837693-21029

Holger Nielsen (2025) **Faszination der Langsamkeit,** Jasmunder Heimathefte Nr. 13, Verlag Edition Pommern